# EL MISTERIO
# DEL ÚLTIMO HOMBRE LOBO

### Roberto Santiago

**fundación sm**

La Fundación SM destina los beneficios
de las empresas SM a programas culturales
y educativos, con especial atención a los
colectivos más desfavorecidos.

Si quieres saber más sobre los programas
de la Fundación SM, entra en
**www.fundacion-sm.org**

LITERATURA**SM**•COM

Primera edición: agosto de 2019

Gerencia editorial: Gabriel Brandariz
Coordinación editorial: Berta Márquez
Coordinación gráfica: Lara Peces

Ilustraciones de Guillermo Esteban Bustos
basadas en el diseño gráfico original de Enrique Lorenzo

Este libro fue publicado por mediación
de Dos Passos Agencia Literaria.

© del texto: Roberto Santiago, 2019
© Ediciones SM, 2019
   Impresores, 2
   Parque Empresarial Prado del Espino
   28660 Boadilla del Monte (Madrid)
   www.grupo-sm.com

ISBN: 978-84-1318-123-3
Depósito legal: M-19921-2019
Impreso en la UE / *Printed in EU*

*Para Marcos Gómez Morales, spider-cos,*
*porque a veces los sueños se hacen realidad.*

El balón vuela directo hacia mí.

Los potentes focos del campo me deslumbran y no puedo verlo bien.

—¡Pakete, espabila! —grita Marilyn, la capitana del equipo.

Pakete soy yo.

Bueno, en realidad me llamo Francisco, o Paco, pero todos me llaman Pakete desde que fallé cinco penaltis seguidos...

¡¡¡CATAPUM!!!

El balón me impacta en la cabeza y sale rebotado hacia arriba.

—Auuuuuuuuuuu —me lamento.

Me ha dado un buen golpetazo.

—¿¡Pero qué haces, espabilado!? —me pregunta Toni, el máximo goleador, levantando ambos brazos.

—Es que me ha deslumbrado la luz —respondo señalando hacia arriba.

Toni niega con la cabeza, como si yo fuera un inútil.

—¡Venga, tú puedes, Pakete, ánimo! —exclama Helena con hache, corriendo por la banda.

Helena es la mejor jugadora de mi equipo: el Soto Alto.

Lleva el número 6 y juega de mediapunta.

Tiene los ojos más grandes que he visto en mi vida.

Dice mi mejor amigo, Camuñas, que es la más guapa de sexto.

Pero a mí todo eso me da igual.

Helena con hache me cae genial porque siempre me apoya cuando las cosas van mal y porque es mi vecina y porque sí.

Le hago un gesto con el pulgar y pego un salto a por el balón.

Estamos en mitad de un partido muy importante.

Contra los Lobos de Basarri.

Son un equipo temible.

Los actuales campeones de la Liga Infantil del País Vasco.

En este instante estamos jugando contra ellos un torneo que lleva cien años celebrándose a las afueras de Bilbao.

El Torneo de la Luna Llena.

Como su propio nombre indica, se juega en plena noche, bajo la luna.

Luego explicaré algunas cosas sobre este torneo centenario.

Ahora debo hacer algo mucho más urgente.

Detengo el balón con el pecho.

Y lo dejo caer.

Lo controlo con el pie.

Felipe y Alicia, nuestros entrenadores, me gritan desde la banda:

—¡Vamoooooooooos, Pakete!

—¡Venga, que casi no queda tiempo!

Miro de reojo el marcador.

Queda menos de un minuto para acabar el partido.

Tenemos que marcar.

O habremos perdido todo.

El partido.

El torneo.

Y lo que es más importante:

¡Si perdemos, esta noche nos atacará un hombre lobo!

Lo digo muy en serio.

Yo nunca he creído en fantasmas, ni en vampiros, ni en hombres lobo.

Pero desde que he llegado a Basarri, ya no sé qué pensar.

En este pueblo ocurren cosas muy extrañas.

Nada es lo que parece a primera vista.

Y los habitantes del lugar están convencidos de que si el equipo local gana el Torneo de la Luna Llena...

¡Esta noche aparecerá en el bosque un hombre lobo!

El caso es que tengo que marcar si no quiero que todo sea un desastre.

Avanzo con el balón.

Una jugadora rival sale directa a por mí.

Se lanza con los pies por delante.

Le paso la pelota por debajo... ¡y salto por encima!

¡Increíble!

La dejo en el suelo y continúo con el balón.

Veo a Helena y Toni más adelantados.

Cada uno en una banda.

Puedo intentar pasarles el balón.

Aunque los laterales los están cubriendo.

También puedo tratar de llegar al área y chutar yo mismo.

Sigo corriendo y observo al portero del Basarri.

Es enorme.

Tiene los brazos extendidos.

Esperándome bajo la portería.

El defensa central aparece allí en medio y sale a detener mi avance.

–¡Venga, Paketón! –grita Felipe.

–¡Puedes conseguirlo! –añade Alicia.

Detrás de los entrenadores, en la grada, también está mi madre, muy nerviosa.

Y Esteban, el director del colegio.

Parecen muy preocupados.

Tal vez no deberíamos haber venido a Basarri a jugar este torneo.

Nada ha salido como teníamos previsto.

Y ahora todo depende de esta última jugada.

–¡Auuuuuuuuuuu!

–¡Auuuuuuuuuuuuuuuuuuuuuu!

Escucho dos aullidos detrás de mí.

No tengo que mirar para saber de quién se trata.

Lo sé perfectamente.

Son...

¡Los hermanos Lobo!

¡Los dos mejores jugadores del Basarri!

Lo hacen todo bien: defienden, atacan, meten goles, ¡son imparables!

El número 10.

Y el número 11.

Están allí, muy cerca.

Vienen corriendo a por mí.

Tienen una costumbre muy rara.

En lugar de gritar, durante los partidos... ¡aúllan!

Al verlos en acción, el público se pone en pie en la grada.

Todos los presentes comienzan a imitarlos al mismo tiempo.

Cientos y cientos de espectadores aúllan.

—¡AUUUUUUUUUUUUUUUUUUUUUUUUUUUUUU!

En aquel campo de fútbol, rodeados de un gran bosque, bajo una enorme luna llena, más de mil personas están aullando.

Es un verdadero espectáculo.

—¡¡¡AUUUUUUUUUUUUUUUUUUUUUUUUUUUUUUUUUU!!!

Nunca he visto nada igual.

Los dos hermanos están a punto de alcanzarme.

Solo son dos niños jugando al fútbol, ya lo sé.

Pero un escalofrío me recorre el cuerpo.

Corro con todas mis fuerzas.

Estoy sudando.

Llego al borde del área.

Tengo delante al defensa.

Un poco más allá, al portero.

Y justo detrás de mí, pisándome los talones, a los dos hermanos Lobo.

Son feroces.

Nada los detiene.

No sé qué hacer.

¿Disparar a portería?

¿Intentar regatear al defensa?

¿Pasar a la banda?

No hay tiempo para pensar.

De lo que haga en los próximos tres segundos depende todo.

Tres...

Me concentro.

Los hermanos Lobo están a punto de alcanzarme.

Dos...

Tengo que tomar una decisión.

Ahora mismo.

Y uno...

Lo mejor será que empiece por el principio.

Llegamos a Basarri hace dos días.

En un viejo autobús destartalado que había alquilado Felipe, nuestro entrenador.

Al contemplar nuestras miradas de desconcierto cuando vimos aquel cacharro, Felipe se rascó la barba y se puso al volante.

–¡Hay que ahorrar, estaba de oferta! –exclamó intentando justificarse–. Además, este autobús es un auténtico Pegaso 5000. ¡Nos llevará hasta el fin del mundo si hace falta!

Alicia se encogió de hombros y también subió.

–Con que nos lleve al torneo me conformo –dijo ella.

–¡Por supuesto! –aseguró Felipe–. ¡Hasta Basarri... y más allá!

Mis compañeros y yo subimos y nos fuimos sentando.

Yo elegí un asiento del fondo, junto a la ventanilla.

Por último, subieron los otros dos adultos que nos acompañaban en el viaje.

Esteban, el director del colegio.

Y mi madre, en representación del AMPA.

–¡Qué emocionante! –dijo mi madre, dejando en la bandeja superior unas banderas azules que ella misma había hecho para la ocasión–. Nunca había estado en Bilbao, ya estoy deseando llegar.

–No vamos a Bilbao, Juana –le corrigió Felipe–. Vamos a un pueblo a las afueras: Basarri.

–Que sí, que sí –respondió mi madre–. No seas tiquismiquis y arranca de una vez. Además, digo yo que alguna excursión a Bilbao haremos cuando no haya partido.

–Ya he reservado una visita al Guggenheim –aseguró Esteban muy serio–. Es uno de los museos más famosos del mundo. Y por la mañana, un paseo por el monte Agurri para contemplar la flora autóctona. Va a ser un fin de semana muy interesante.

–¿Museos? ¿Paseos por el monte? –dijo Toni–. ¡Menudo rollo! Yo creía que íbamos a jugar al fútbol.

–No seas ignorante –le corrigió Anita, la portera suplente del equipo–. Se puede jugar al fútbol y también ver museos y estar en contacto con la naturaleza. ¡Y muchas más cosas!

–Habla por ti, empollona –rebatió Toni–. ¡Yo estoy concentrado en los partidos y en meter goles, no quiero saber nada más! ¡Voy a ser el pichichi del torneo, ya lo estoy viendo!

—Pues muy bien —dijo Anita, dejándole por imposible.

Al fin, Felipe arrancó y nos pusimos en marcha.

Teníamos un largo camino por delante.

Aquel autobús hacía mucho ruido, parecía que en cualquier momento se iba a quedar parado.

Pero no fue así.

El Pegaso 5000 nos llevó por la autopista hacia nuestro destino.

Basarri.

Un pequeño pueblo de Guipúzcoa.

En mitad de un valle.

Rodeado de montes y de bosques muy verdes.

Por lo visto, allí había nacido Felipe.

Ahora le habían invitado a volver a su pueblo para jugar un torneo de fútbol infantil muy importante.

Un torneo de fútbol infantil que se llevaba celebrando cien años.

El Torneo de la Luna Llena.

Siempre participaban los dos equipos del lugar.

Los Lobos de Basarri.

Las Ovejas de Undain.

Y otros dos equipos invitados.

Ese año, uno de los invitados éramos precisamente nosotros: el Soto Alto.

Y el otro, uno de los mejores de España y de Europa: el Athletic Club de Bilbao.

Se jugaba a eliminatoria directa, y los dos vencedores disputaban la final.

Por ese torneo habían pasado algunos de los grandes.

Además del Athletic, la Real Sociedad o el Alavés; también el Real Madrid, el Barça, el Atlético de Madrid, el Valencia... y muchísimos más.

Felipe nos explicó durante el viaje que, a pesar de los grandísimos equipos que habían jugado, nunca jamás había ganado el torneo ningún equipo de fuera.

–El Basarri ha ganado cincuenta veces –puntualizó–, y el Undain otras cincuenta veces.

–¿Por qué se llaman los Lobos y las Ovejas? –preguntó Tomeo, nuestro defensa central.

—Es una tradición —respondió Felipe—. Son dos pueblos rivales.

—Ya, ya —insistió ahora Camuñas, ajustándose su inseparable gorra—, pero ¿por qué precisamente lobos y ovejas?

—No hay ninguna razón en particular —explicó el entrenador, quitándole importancia—. Por esos valles siempre ha habido muchos rebaños de ovejas y también muchos lobos...

—¡Pero, Felipe! —le cortó Alicia—. ¡Haz el favor de contarles la verdad!

—Bueno, la verdad es muy relativa... —empezó Felipe.

—¡La verdad es que la familia de Felipe se apellida Lobo! —dijo Alicia—. ¡Son la familia más antigua de Basarri! ¡Todo el mundo los conoce!

–¿Nuestro entrenador se llama Lobo? –preguntó Angustias asustado–. ¿¡Y después de tanto tiempo nosotros no lo sabíamos!?

Angustias es el lateral derecho y siempre está un poco... angustiado.

–Felipe Lobo Lobo –subrayó Alicia.

–¿Dos veces Lobo? –preguntó Helena, sorprendida.

Alicia asintió.

–¡Mola! –exclamó Camuñas.

–Ya te digo –dijo Tomeo.

–A mí me encantaría tener dos apellidos iguales –susurró Ocho, el más bajito del equipo y eterno suplente.

–Qué calladito te lo tenías, ¿eh? –dijo mi madre mirando al entrenador.

–Tener dos apellidos iguales tampoco es tan raro –aseguró Anita–. Hay muchos casos.

–Y ahí no acaba todo –siguió Alicia.

–¿¡Hay más!? –preguntó Angustias, escondiéndose detrás de su asiento.

–Esto os va a hacer mucha gracia –dijo Alicia–: en Undain, el pueblo de al lado, la familia más antigua se apellida... Oveja.

–Nunca había oído ese apellido –dijo Esteban–, y mira que han pasado alumnos por nuestro colegio.

–¡Lobos y Ovejas! –dijo Marilyn–. ¡Menudos apellidos!

–Llamándose así, no me extraña que sean rivales –concluyó mi madre.

—¡Pues que se preparen! –advirtió Toni–. ¡Porque el Soto Alto se va a merendar a los lobos y a las ovejas!

—Me he perdido –dijo Tomeo–. Entonces, ¿nosotros con quién vamos? ¿Con los lobos o con las ovejas? ¿O con el Athletic?

—¡Con ninguno! –zanjó Toni–. ¡Nosotros, con el Soto Alto siempre!

—Eso sí –dijo Anita–. Pero si tuviéramos que elegir, apoyaríamos a los lobos, que para eso es la familia de Felipe.

—Gracias –dijo el entrenador–, pero yo ya no... o sea, que a mí esa rivalidad entre Basarri y Undain ya no me interesa lo más mínimo.

—Venga, cariño, no disimules –dijo Alicia–. Seguro que te hace ilusión regresar al pueblo donde naciste después de tantos años.

—Que no, que no –insistió Felipe–. Solo he aceptado por el equipo. Es un torneo centenario, y los chavales se merecen vivir una experiencia así...

—¡Ayyyyyy, qué guapo te pones cuando dices esas cosas tan serias! –le interrumpió de nuevo Alicia.

Y le dio un beso.

Creo que no lo he dicho todavía.

Alicia y Felipe son pareja.

Que yo sepa, somos el único equipo del mundo que tiene dos entrenadores.

Primero se hicieron novios.

Y luego se casaron durante un torneo.

—Alicia, que estoy conduciendo, por favor —le recriminó Felipe—, y además, delante de los niños no es muy apropiado...

—Huy, sí, seguro que se asustan por un besito —respondió ella riendo.

Alicia se volvió hacia nosotros y exclamó:

—¿Queréis que le dé otro beso al Lobo Lobo?

Por supuesto, todos gritamos:

—¡Siiiiiiiiiiiiiiiiiiiiiiiiiiii!

—Ven aquí, mi lobito —dijo entre risas.

Y le plantó otro beso.

Todos reímos.

Y seguimos gritando.

–¡Que se besen, que se besen!

Todos menos Toni, que siempre protestaba:

–Besos, museos, flora autóctona... Menudo viaje.

Nadie le hizo ni caso.

Durante el resto del trayecto, nos dio tiempo a cantar.

–¡So-to Al-to ga-na-rá, ra-ra-ra!

–¡Aquí está el Soto Alto! ¡Invencibles como el cobalto!

Y también nos dio tiempo a dormir.

A merendar.

A parar en una gasolinera.

A que Angustias se marease.

A volver a parar.

Y ya de noche, por fin, llegamos a nuestro destino.

Salimos de la carretera principal y nos adentramos por una carretera comarcal muy estrecha.

Después continuamos por un camino a medio asfaltar que serpenteaba por una colina, en mitad de un bosque.

No se veía ni se oía casi nada.

Solo árboles en la oscuridad.

La luna en lo alto.

Y el viento soplando.

Hasta que, de pronto, el autobús pegó un frenazo.

–¿Qué pasa ahora? –preguntó mi madre preocupada–. ¿Ya hemos llegado?

–Aún no, Juana –dijo Felipe–. Quedan un par de kilómetros hasta el pueblo, pero se ha caído un árbol y ha cortado la carretera.

Efectivamente, delante del autobús, un tronco atravesaba la carretera.

–Pasa mucho por aquí –explicó el entrenador–. Son cosas normales en el valle.

–¿Pasa mucho? –preguntó Alicia extrañada–. ¿Es que se caen los árboles de repente?

–Es por la galerna –respondió Felipe–, un viento muy fuerte que viene del mar.

–Menudo panorama –dijo Tomeo–. Estamos aquí atrapados, y yo sin cenar.

–¡Pero si has merendado hace un momento...! –le recordó Camuñas.

–De eso nada –rebatió Tomeo mirando su reloj–. Han pasado cincuenta y seis minutos. Me está bajando el azúcar, me lo noto.

–¿Nos vamos a quedar aquí mucho tiempo? –preguntó Angustias, mirando la estrecha carretera iluminada solo por los faros del autobús.

El viento cada vez soplaba con más y más fuerza.

Las ramas de los árboles se agitaban violentamente.

–No os asustéis –dijo Felipe–. Seguro que está de camino la policía rural o los bomberos. No pasa nada.

Justo en ese momento...

¡POM, POM, POM!

Se oyó un ruido fuera.

Como si alguien estuviera golpeando el morro del autobús.

Muy despacio, nos fuimos poniendo en pie y nos asomamos.

–A lo mejor es un lobo o un animal salvaje –dijo Camuñas.

–No digas eso, te lo suplico –pidió Angustias.

Otra vez el mismo ruido.

Con más fuerza.

¡¡¡POM, POM, POM!!!

Hasta que por fin pudimos ver de dónde procedía.

Había alguien justo delante del autobús.

Un hombre muy alto con un chubasquero negro y la cabeza tapada con una capucha.

Plantado en mitad de la carretera.

Retrocedió unos metros y subió al tronco.

Una vez allí, nos observó.

Se quitó la capucha.

Y entonces sí, pudimos ver de quién se trataba.

Era...

¡Felipe!

Lo prometo.

El hombre que estaba sobre el tronco caído era Felipe.

Con su barba.

Su gesto despistado.

¡Y nos estaba saludando!

Ya sé que es imposible, porque Felipe estaba dentro del autobús.

Pero... ¡también estaba en la carretera!

¡Ya he dicho que en aquel pueblo pasaban cosas muy extrañas!

Lo voy a repetir por si alguien no lo ha entendido bien.

Nuestro entrenador, Felipe, estaba dentro del autobús.

Y al mismo tiempo...

¡Estaba fuera, en mitad de la carretera!

Nos quedamos todos en silencio.

Mirando la figura espectral de aquel hombre subido al árbol, con la luna al fondo.

Alicia tragó saliva y murmuró:

—Felipe, ¿quién es ese?

El entrenador, muy serio, no contestó.

Respiró hondo.

Abrió la puerta del autobús.

Y bajó decidido.

–¡Ten cuidado! –exclamó mi madre–. ¡A ver si es un espejismo!

–Los espejismos se producen en el desierto –le recordó Esteban–, no en una carretera de Bilbao.

–Porque tú lo digas –rebatió mi madre.

Felipe caminó hasta colocarse delante del autobús.

Y señaló al hombre misterioso que estaba de pie sobre el tronco.

–¡Epa! –dijo Felipe.

–¡Epa! –repitió el otro.

Los dos hombres avanzaron el uno hacia el otro muy serios.

Parecía que se iban a pegar un empujón.

Sin embargo, cuando llegaron uno a la altura del otro...

¡Se dieron un enorme abrazo!

¡Un abrazo gigantesco!

Estaban emocionados.

–¡Te he echado de menos! –dijo el del chubasquero.

–¡Yo también! –respondió nuestro entrenador.

Permanecieron abrazados un buen rato.

¡Piiii! ¡Piiiii! ¡Piiiiii!

Mi madre hizo sonar el claxon del autobús.

A continuación bajó seguida de Alicia, de Esteban y de todos nosotros.

–¿Alguien va a explicar qué está pasando aquí? –les preguntó impaciente.

Estábamos expectantes, observando la escena sin movernos.

Felipe se giró hacia nosotros, deslumbrado por los faros.

Señaló al hombre que tenía a su lado.

Y dijo:

—Os presento a mi hermano gemelo: Marcos.

—¿¡Quéééééééééé!? —preguntó Alicia, atónita—. ¿¡¡Tienes un hermano gemelo y no me lo habías contado!!?

—Es que... —intentó responder el entrenador.

—¡Ni es que ni nada! —le cortó Alicia, muy enfadada—. ¡Por si se te ha olvidado, soy tu esposa! ¡Ya hablaremos tú y yo!

—¡Pero bueno! —dijo Marcos, también muy sorprendido— ¿Te has casado y no me has dicho nada, sinvergüenza?

—Eso parece —contestó Felipe, que no sabía dónde meterse—. Por lo que se ve, tengo una mujer y un hermano gemelo. Y ninguno sabía de la existencia del otro. Qué gracioso, je, je.

Pero a Alicia no parecía hacerle ninguna gracia.

Y a su hermano tampoco, la verdad.

—Son clavados —murmuró Camuñas.

—Yo creo que Felipe es un poco más bajito —dijo Tomeo.

—No digas tonterías —rebatió Ocho—. Son superaltos los dos.

—Eso es porque tú los ves desde abajo —intervino Toni.

—A mí me parecen exactamente iguales —añadió Marilyn.

—Pues claro —dijo Anita—: los gemelos son idénticos.

Marcos levantó ambas manos y exclamó:

–Bueno, ya habrá tiempo para presentaciones. ¡Bienvenidos todos a Basarri! ¡El famoso pueblo del queso y... de los hombres lobo. ¡Ja, ja, ja, ja, ja, ja, ja, ja, ja!

–¿¡¡Ha dicho hombres lobo!!? –exclamó Angustias, poniéndose pálido de repente.

–Y queso –recordó Tomeo, relamiéndose.

–Me está entrando muy mal rollo con eso de los hombres lobo –dijo Ocho mirando a nuestro alrededor, al bosque.

–Está de broma –intercedió Felipe.

–En absoluto –insistió Marcos–. Mi hermanito no os lo dirá porque es un soso. Pero Basarri es conocido en el mundo entero porque aquí siempre ha habido hombres lobo. Es una tradición popular muy arraigada.

—Déjalo ya, por favor –pidió Felipe–, que les vas a asustar.

—Las tradiciones son así –dijo Esteban, intentando sonreír–. En nuestro pueblo, por ejemplo, tenemos la paella y la sangría, y vosotros... tenéis hombres lobo.

—No os preocupéis –dijo Marcos–. Solo salen cuando hay luna llena.

Todos levantamos la vista.

Arriba, sobre las copas de los árboles, podía verse perfectamente una gran luna que iluminaba el lugar.

—Hummmmm... Disculpe –dijo Camuñas–, pero ¿precisamente esta noche hay luna llena?

—Aún faltan dos días para la luna llena –aseguró Felipe.

—Hay cosas que no se olvidan, ¿eh, canalla? –le dijo Marcos, dándole una palmada en el hombro.

—¡Quiero volver a casa! —gritó Angustias, cada vez más nervioso—. ¡Demos media vuelta ahora que estamos a tiempo, por favor!

—Los hombres lobo son supersticiones sin ningún sentido —dijo Toni.

—Por una vez, estoy de acuerdo con el chulito —dijo Anita—. Los hombres lobo no existen.

—¿El chulito soy yo? —preguntó Toni.

—A ver, un poco de calma —pidió mi madre—. Yo soy mucho de respetar las tradiciones, señor Lobo Lobo, pero no es plan de asustar así a unos recién llegados, me parece a mí.

—No quería asustar, perdón —se excusó Marcos—. Venga, un poco de alegría, que los chicos del equipo y yo estamos entusiasmados con vuestra visita. No sé si os lo había dicho: soy el entrenador de los Lobos de Basarri.

—Otra cosa que se le había olvidado comentar a Felipe —murmuró Alicia.

—Mañana habrá tiempo para que conozcáis todo esto de día —dijo Marcos—. Ahora vamos a quitar el árbol de la carretera y os llevaré al caserío para que descanséis.

—¿Lo tenemos que mover nosotros? —preguntó Tomeo—. Un deportista de élite como yo no puede arriesgarse a una lesión por un mal movimiento...

—¡Vamos a mover el dichoso tronco y a ver si nos tranquilizamos un poquito! —ordenó Alicia—. ¡Ya!

Hicimos caso a la entrenadora.

Nos fuimos poniendo a ambos lados del árbol, preparados para empujarlo.

Helena con hache se colocó justo a mi lado.

—¿Tú crees en hombres lobo, Pakete? —me preguntó en voz baja.

—Yo no... o sea, que no lo sé —respondí.

—Pues yo sí —dijo ella—. ¡Me encantan las historias de miedo y de personas que se transforman en lobos cuando hay luna llena!

—Genial —murmuré, poco convencido—. La verdad es que yo prefiero las historias de personas que no se transforman en nada, sobre todo por la noche.

—¡No seas miedica! —intervino Toni, que nos estaba escuchando.

—No soy miedica —me defendí—. Y aunque lo sea, ¿qué pasa?

—Es normal tener miedo a la oscuridad y a los mutantes, cariño —dijo mi madre.

—¿Los hombres lobo son mutantes? —preguntó Camuñas, interesado—. ¿Como los Vengadores?

—¿De qué hablas tú ahora? —dijo Toni.

—De los Vengadores —insistió Camuñas—. Algunos son extraterrestres o dioses mitológicos, y otros, mutantes; bueno, y algunos también son experimentos terrícolas...

—Los hombres lobo o licántropos —explicó Anita— son una pura invención. No existen. Y punto. Igual que... los Vengadores, que tampoco existen.

—¿Los Vengadores no existen? —dijo Tomeo, indignado—. ¡Eso no es verdad, yo los he visto en el cine un montón de veces! ¡Y tengo todos los cómics!

—Son películas y tebeos —contestó Anita—. Precisamente por eso no existen.

–Ya, claro... Y si no existieran –insistió Tomeo–, ¿por qué iban a hacer tantas películas, listilla?

–Ahí te ha pillado –dijo Camuñas mirando a Anita.

–Me parece que os falta un poco de imaginación –respondió Anita suspirando–. ¡Y agarrad de una vez el tronco, que a este paso nos vamos a pasar toda la noche en la carretera!

–Qué genio –dijo Camuñas.

–Ya te digo –murmuró Tomeo–. Pero vamos, que yo sigo pensando que los Vengadores sí existen...

–Chicos, siento mucho todo eso que ha dicho mi hermano –intervino Felipe–. Son viejas leyendas del pueblo sin ningún fundamento. Os aseguro que aquí no hay hombres lobo ni nada parecido.

–Y aunque los hubiera, todavía faltan dos días para la luna llena –dijo Esteban mirando al cielo.

Si te fijabas bien, la luna no estaba completamente redonda.

–Es luna creciente –aseguró Marilyn.

Marcos se colocó en un extremo del tronco.

Sonrió y nos preguntó:

–¿Estáis preparados para empujar?

Todos asentimos, sujetando el árbol.

–Pues venga –dijo–. Una, dos y... ¡tres!

Movimos el tronco con todas nuestras fuerzas.

Con mucha dificultad, lo arrastramos fuera de la carretera.

–Perfecto –dijo Marcos–. Ya está el camino despejado, buen trabajo.

Y se acercó a Alicia.

—Discúlpame por esta bienvenida tan accidentada —le dijo, tratando de ser amable—. No quiero que te lleves una mala impresión del pueblo.

—No te preocupes —contestó ella—. Me alegra que por fin nos conozcamos.

—Tenemos que hablar de muchas cosas tú y yo —dijo Marcos—. Mi hermano es un mustio, pero a partir de ahora no pienso separarme de vosotros.

—Tampoco hay que pasarse —dijo Felipe, preocupado al ver a Marcos y Alicia hacer tan buenas migas.

–Bueno, cuéntame –siguió Marcos, agarrando de un brazo a Alicia–. ¿Cuándo os casasteis? ¿Pensáis tener hijos? Yo tengo dos. Son unos muchachos estupendos, juegan en el equipo de fútbol. Mañana los conoceréis.

–Qué bien.

Mientras Alicia y Marcos se alejaban por la carretera, los demás nos quedamos allí plantados.

–¿Qué hacemos ahora? –preguntó mi madre.

–Seguid a mi hermano –indicó Felipe–. El caserío está aquí al lado, podéis ir a pie. Yo me encargo del autobús.

Hicimos una fila y empezamos a caminar detrás de Marcos.

A ambos lados de la carretera se oían ruidos de animales.

Búhos.

Lechuzas.

Y otros sonidos que no sé de qué serían.

–¿Te importa si te agarro de la mano?

Me giré.

Allí estaba Angustias.

–Es que, con todo esto de los hombres lobo, estoy un poco nervioso –admitió.

–Yo también –reconocí.

Le cogí de la mano.

Y seguimos avanzando.

No me importaba lo que pensaran los demás, o que se rieran de nosotros.

Me daba exactamente igual.

Cuando un compañero necesita tu ayuda, le das la mano y ya está.

No pensaba soltarle hasta que llegásemos al caserío.

–¡Pakete y Angustias van cogiditos de la mano! ¡Ja, ja, ja, ja, ja! –exclamó Toni al vernos.

Todos empezaron a reírse.

Risas y más risas.

Y más.

Muchas más.

Parecían dispuestos a reírse toda la noche.

Después de un rato, Angustias dijo:

–Ejem, yo creo que mejor nos soltamos ya.

–Sí, mejor –respondí.

4

¡Kikirikíííííííííí!

—Pero ¿qué es ese ruido infernal? —preguntó Camuñas, despertándose.

—¿Dónde estamos? —dijo Angustias, abriendo los ojos de golpe.

—¿Ya han traído el desayuno? —soltó Tomeo, desperezándose.

Miré a mi alrededor.

Los primeros rayos de sol se colaban por un ventanuco.

Estábamos durmiendo en la planta de arriba de un caserío.

En una habitación enorme con un montón de literas.

Allí nos habíamos acostado los nueve integrantes del equipo.

Marilyn se asomó por la ventana desde lo alto de su litera.

–Es un gallo –dijo.

¡Kikirikíííííííííííííí!

–Menuda novedad –soltó Toni, y se puso la almohada sobre la cabeza.

–¿Y por qué hace tanto ruido? –preguntó Ocho, tapándose con la colcha–. ¡Quiero dormir!

–Los gallos siempre cantan al amanecer –explicó Anita.

–Seguro que ahora se calla –dijo Helena–, y podremos seguir durmiendo un rato.

–Ya que nos hemos despertado –propuso Tomeo–, podíamos bajar a desayunar.

–Duérmete, tragaldabas –murmuró Toni–, y callaos todos de una vez.

Pero aquel gallo no tenía pinta de callarse:

¡Kikirikíííííííííííííí!

Hasta que, de pronto, se oyó un sonido distinto.

Como si estuviera batiendo las alas.

–¡El gallo ha salido huyendo! –anunció Marilyn.

–¿Y eso? –pregunté.

Antes de que pudiera responder, un aullido inundó el lugar.

O, mejor dicho, dos aullidos.

¡Auuuuuuuuuuuuuuuuu!

¡Auuuuuuuuuuuuuuuuuuuuuu!

–¡El pobre gallo huye porque vienen los hombres lobo! –gritó Angustias desesperado.

—No puede ser: es de día —replicó Camuñas—, y los hombres lobo solo atacan de noche.

—¡Pues entonces serán lobos! —exclamó Angustias atemorizado—. ¡Es horrible todo! ¡Socorroooooooo!

—No, no —dijo Marilyn, observando a través del ventanuco—. No son lobos... Son... o sea... Son... ¡dos niños!

¿¡Eeeeeeeeeeh!?

De un salto escalamos hasta la litera de Marilyn, que era la única que daba a la ventana.

Nos agolpamos allí los nueve, muy juntitos.

Y nos asomamos.

Las vistas eran espectaculares.

Al fondo, un enorme valle lleno de árboles y casas de piedra chulísimas.

El cielo completamente azul, con el sol asomando en el horizonte.

Y justo delante del caserío, un prado verde precioso.

—¡Miradlos! —exclamó Marilyn señalando junto a una valla de madera.

Dos niños vestidos con ropa deportiva de color negro corrían hacia el caserío.

Iban muy deprisa.

Con la cabeza agachada.

Daba la sensación de que llevaban los ojos cerrados, aunque ya sé que eso es imposible. Nadie puede correr a toda velocidad con los ojos cerrados y no tropezarse.

Saltaron la valla sin detenerse y siguieron avanzando hacia nosotros.

Estaba claro que eran dos niños, pero parecían dos animales salvajes.

Acostumbrados a correr por ese valle.

Imparables.

—¡Auuuuuuuuuuuuuuuuuuuu!

—¡Auuuuuuuuuuuuuuuuuuuuu!

—¿Por qué aúllan? —preguntó Angustias.

Ninguno de nosotros tenía la respuesta.

En ese momento todavía no lo sabía, pero esa fue la primera vez que vi a los hermanos Lobo.

No lo olvidaré jamás.

Tenían los ojos muy azules y rasgados.

Y un aspecto fiero.

—Parece que llevan algo en la mano —dijo Helena.

—¡Es cierto! —corroboró Anita ajustándose las gafas.

Uno de ellos extendió la mano derecha y mostró un objeto circular blanco.

Era...

¡Exacto!

¡Un balón de reglamento!

El niño lo dejó caer y le dio una tremenda patada.

El balón voló hacia arriba.

Muy alto.

Los dos siguieron corriendo.

Cada vez estaban más cerca.

La pelota hizo una gran parábola en el aire y empezó a caer de nuevo.

Habían calculado la distancia perfectamente, porque cuando estaba a punto de botar en el suelo, el segundo niño empalmó el balón con su pierna izquierda y le dio otro patadón.

¡Era una volea perfecta!

Solo que aquel balón no iba hacia una portería.

Iba directo...

¡Hacia nuestra ventana!

—¡Cuidado, que viene! —avisó Marilyn.

Demasiado tarde.

Intentamos apartarnos, pero nos tropezamos unos contra otros...

¡Y caímos los nueve al suelo!

Nos quedamos tirados unos encima de otros, hechos un ovillo.

Un segundo después, el balón entró por la ventana.

Rebotó contra el techo y...

¡¡¡PATAPUM!!!

¡Se estampó contra el rostro de Toni!

–¡Ayyyyyyyyyyyyy! –se lamentó.

Se le había quedado la cara completamente roja del golpe.

–¿Estás bien? –le preguntó Helena preocupada.

–¡Se van a enterar esos dos! –respondió Toni, rabioso.

Escaló por la litera y se asomó otra vez por la ventana.

–¿Qué os habéis creído, energúmenos? –gritó Toni–. ¿Se puede saber quiénes sois?

Inmediatamente, el resto subimos también, para ver qué ocurría.

Los dos niños de negro ni se inmutaron.

Ambos señalaron hacia nuestra ventana con gesto desafiante.

–¡Somos los Lobos de Basarri! –dijo uno de ellos–. ¡Yo soy Marcos Lobo!

–¡Y yo soy Felipe Lobo! –dijo el otro.

Al fijarme mejor me di cuenta.

Aquellos dos niños tenían una peculiaridad.

Y no estoy hablando de su aspecto fiero.

Ni de sus ojos tan azules.

Ni de su ropa completamente negra.

Ni del pequeño número que llevaban en las camisetas.

Marcos, el número 10.

Y Felipe, el número 11.

Me refiero a otra cosa...

–¡Son idénticos! –exclamó Camuñas.

¡Exacto!

Marcos y Felipe Lobo eran... clavados.

¡Totalmente iguales!

–¿Es que todo el mundo tiene un hermano gemelo en este pueblo? –preguntó Tomeo.

Helena les saludó con la mano y dijo:

—Perdonad, ¿sois gemelos?

—Y otra cosa —dijo Anita, pensativa—: ¿vuestro padre es Marcos Lobo Lobo, el hermano de Felipe Lobo Lobo, nuestro entrenador?

Los dos chicos se miraron y sonrieron.

Tal vez no querían contestar.

O solo pretendían hacerse los interesantes.

En lugar de dar una respuesta, levantaron el rostro y...

—¡Auuuuuuuuuuuuuuuuuuuuu!

—¡Auuuuuuuuuuuuuuuuuuuuuuu!

Toni negó con la cabeza.

—¡Ya me estoy cansando de tanto aullido! —dijo—. ¡Responded cuando se os pregunta! ¡Y pedidme perdón por el balonazo que me habéis dado!

Marcos hizo una cosa muy rara.

Movió la nariz, como si estuviera oliendo algo.

Miró a su hermano, preocupado.

Ambos salieron corriendo de inmediato a toda velocidad.

Antes de que pudiéramos darnos cuenta, atravesaron el prado y desaparecieron de nuestra vista.

—Vaya par de raritos —dijo Toni.

—Corren muy deprisa —reconoció Marilyn.

—Y le pegan muy bien al balón —aseguró Helena.

—Y tienen una puntería perfecta —recordó Tomeo.

—Y tienen unos ojos superazules —dijo Anita.

–Ya, ya, pero son muy raros –insistió Toni–. Además, ¿por qué han salido huyendo de repente?

La respuesta apareció delante de nuestros ojos en ese preciso instante.

Del bosque surgieron una docena de niños y niñas vestidos con chándales de color blanco.

Iban corriendo en perfecta formación.

La que parecía ser su entrenadora, una mujer rubia, muy alta y muy delgada, que iba en cabeza con un chaleco blanco, preguntó a voz en grito:

–¿¡Quiénes somos!?

Sin dejar de correr, todos respondieron:

–¡Las Ovejas de Undain!

–¿¡Qué hacemos!? –volvió a preguntar.

–¡Jugamos al fútbol y cazamos lobos! –contestaron.

Después, todos a la vez, gritaron:

> ¡Abre bien las orejas,
> aquí están las Ovejas!

Por si no había quedado claro, lo repitieron subiendo aún más el tono de voz.

Su grito retumbó por todo el valle:

> ¡¡¡Abre bien las orejas,
> aquí están las Ovejas!!!

Por lo que se ve, en aquel pueblo todo el mundo madrugaba mucho.

Las ovejas.

Los lobos.

Los gallos.

Y también las personas, claro.

Desayunamos en la parte de abajo del caserío.

Además de zumo, leche y cereales, también sacaron productos típicos de la tierra: mermelada de higos y de avellana, pastel de almendras, crema pastelera y... ¡pimientos verdes!

Era la primera vez en mi vida que veía pimientos para desayunar.

Por supuesto, también sacaron el famoso queso de Basarri.

Estaba todo riquísimo, la verdad.

—¡Me flipan los pimientos y el queso! —exclamó Tomeo, comiendo a dos carrillos.

—Pimientos para desayunar. ¡Puaj! —dijo Toni.

Al terminar, dimos un paseo por la zona todos juntos.

El caserío estaba en mitad del valle, justo a medio camino entre los dos pueblos: Undain y Basarri.

Había unos bosques enormes, llenos de árboles y matorrales de todas clases. La vegetación era abundante y muy verde.

También vimos algunos rebaños de ovejas.

Me refiero a ovejas de verdad, no las del equipo de fútbol.

Y pastores.

Y muchas otras personas.

Al cruzarnos con la gente del pueblo, nos saludaban.

—Egun on!

Que significa «buenos días» en euskera.

O:

—Kaixo!

Que es «hola».

Y otras cosas que no entendía.

Todos parecían reconocer a Felipe nada más verle, a pesar del tiempo que había pasado desde su última visita. No sé si es que le confundían con su hermano gemelo o si de verdad sabían que era él.

El caso es que todos le saludaban.

Le daban abrazos.

Sonreían y le decían cosas amables.

Él respondía a todos:

–Eskerrik asko!

Que quiere decir «muchas gracias».

–Me encanta cómo suena –dijo Camuñas–: ¡eskerrikasko!, ¡eskerrikasko!

–Se pronuncia eskerrik-asko, separado –explicó Felipe.

–No sabía que hablabas euskera, entrenador –dijo Anita–. A mí me encantan los idiomas.

–Parece que hay muchas cosas que no sabemos del entrenador –puntualizó Alicia, que seguía picada–. ¿Nos tienes preparada alguna otra sorpresa?

–Ya me he disculpado –dijo él–. Para mí todo esto no es fácil: la relación con mi hermano, volver al pueblo...

–Ocultarle cosas a tu mujer –zanjó Alicia.

–Oye, Felipe –dijo Ocho–, antes han pasado corriendo dos niños vestidos de negro por delante del caserío. Se llaman Marcos y Felipe, como tu hermano y tú... ¿Son tus sobrinos?

–Creo que sí –contestó Felipe.

–¡Qué fuerte! –dijo Marilyn–. ¡Y también son gemelos, igual que vosotros!

–Y muy raros –murmuró Toni.

–Mira qué majo tu hermano –intervino Alicia–. Le ha puesto tu nombre a uno de sus hijos.

–Sí, muy majo –dijo el entrenador.

Parecía un poco agobiado con todo lo que se estaba encontrando en Basarri después de tantos años.

Respiró hondo, que era algo que hacía mucho desde que habíamos llegado, y siguió caminando.

Por el prado apareció al fondo un gran tractor verde.

–¡Hola, hola! –exclamó una mujer con una gran boina, subida a un lateral del tractor–. ¿A que es chula mi txapela?

La mujer era...

¡Mi madre!

–Pero, mamá, ¿qué haces ahí? –pregunté.

–Pues ya ves, dando un paseíto tan a gusto –respondió, pasándose la mano por la enorme boina–. Qué cosas, a mis años y es la primera vez que me subo a un tractor... ¡Y que me pongo una txapela!

–¡Yo también tengo una! –dijo Esteban, orgulloso, asomándose por el otro extremo del tractor.

El director llevaba una boina gigantesca y nos saludaba con la mano.

Tenía una pinta muy curiosa con su traje perfectamente planchado, subido a un tractor enorme y con esa boina en la cabeza.

–A las boinas aquí las llamamos txapelas –dijo Felipe.

–Ya lo habíamos pillado –replicó Alicia.

–¿¡Alguien más quiere subir!? –preguntó Marcos, el hermano gemelo del entrenador, que iba al volante del tractor.

Casi todos levantamos la mano.

Y nos abalanzamos sobre el tractor.

–¡Yo prímer, por favor, por favor! –pidió Camuñas.

–¡Y yo! –le secundó Tomeo.

–Ni que fuera un fórmula uno –dijo Toni, despectivo.

—Si no os importa, yo os espero abajo —pidió Angustias—, que me mareo.

—¿Cómo te vas a marear en un tractor? —preguntó Anita—. Eso es imposible.

—Me mareo, te lo aseguro —dijo Angustias muy serio—. En coche, en autobús, en barco, en avión, en tractor...

—Te lo agradecemos mucho, Marcos —intervino Felipe—, pero ahora tenemos entrenamiento. No podemos andar perdiendo el tiempo con estas cosas.

—Relájate un poco, hermanito —contestó Marcos—. Ahí donde le veis, de pequeño Felipe era igual de tímido que ahora. Aunque, a la chita callando, ¡liaba unas tremendas en el pueblo! ¡ja, ja, ja, ja, ja, ja, ja! Si yo os contara...

—Cuenta, cuenta —dijo Alicia, interesada.

—No creo que sea el momento —dijo Felipe—. De verdad, tenemos que entrenar, hemos venido a jugar un torneo. No a hablar de chiquilladas.

—Chiquilladas dice, ja, ja, ja, ja, ja —replicó Marcos—. Todavía me acuerdo de cuando metimos las vacas en el ayuntamiento, o de cuando nos llevamos el coche de la guardia civil, o de cuando Felipe incendió el comedor del colegio. ¡No había quien le parase!

—¿Incendiaste el colegio? —preguntó Helena, perpleja.

—Fue sin querer —se excusó él.

—El terror de Basarri le llamaban —siguió Marcos—. Muy serio siempre, pero un peligro andante.

—Quién lo iba a decir —suspiró Alicia—, con lo tranquilote que es ahora.

–Fíate tú de los mansos –aseguró Marcos–. Mi hermano ha sido un pieza de cuidado. ¡Se empeñó en que, cada vez que metía un gol con el equipo de fútbol, el pueblo entero se pusiera a aullar para celebrarlo! ¡Y ya te digo que lo consiguió! ¡Era una locura! ¡Miles y miles de personas aullando en todo el valle!

–¡Entonces, lo de los aullidos fue idea de nuestro entrenador! –exclamé.

–¡Igual que los dos niños de esta mañana! –dijo Ocho.

–La idea de los aullidos fue de Felipe y mía también –admitió Marcos–. ¡Éramos imparables cuando jugábamos los dos juntos en el equipo! Igual que mis hijos ahora. Estoy muy orgulloso de ser el entrenador del Basarri.

–Yo también estoy muy orgulloso de mi equipo, el Soto Alto –respondió Felipe.

–Claro, hombre –siguió Marcos–. Fíjate lo que son las cosas, ¿eh?, los dos hemos terminado de entrenadores, y encima rivales. ¿Quién nos lo iba a decir?

Se miraron desafiantes, como si el torneo de ese año fuera muy importante para ambos.

–De pequeños, ¿quién de los dos metía más goles? –preguntó Toni, repentinamente interesado.

Por un momento, Felipe y Marcos se quedaron en silencio.

Mirándose el uno al otro, muy picados.

–Bueno, ya está bien –cortó Alicia, que se dio cuenta de que el tema les había puesto nerviosos a los dos–. Ya habrá tiempo para seguir con estos bonitos recuerdos de la infancia...

–¿Podemos subir un momentito al tractor? –preguntó Tomeo–. ¡Venga, va!

–A entrenar he dicho –ordenó Felipe–. Esta tarde tenemos partido y hay que prepararse. ¡Todos detrás de mí!

Y dio media vuelta.

–Felipe siempre tan serio –dijo Alicia mirando a Marcos–. Luego daremos un paseo en el tractor, muchas gracias. ¡Ah!, y nos tienes que hacer también un tour por el valle y por esas cuevas.

–Eso está hecho –aseguró Marcos.

–¡Vamos, equipo, al campo de entrenamiento! –exclamó Felipe.

Seguimos a nuestros entrenadores y nos encaminamos hacia un recinto vallado que había en medio del prado, al final de un largo camino de tierra.

Pude oír que detrás de nosotros, sobre el tractor, murmuraban algo.

–Qué lástima –susurró Marcos–. Yo pensaba que, con los años, mi hermano se habría vuelto más divertido, pero veo que ha sido al contrario.

–La gente se hace mayor –dijo mi madre– y, por desgracia, se vuelven más aburridos y más serios.

–Perdón que interrumpa –dijo Esteban, desabrochándose la corbata y sujetando su enorme txapela entusiasmado–. ¿Puedo conducir un rato el tractor? ¡Por favor, por favor!

6

–La hierba está altísima –protestó Toni.

–Y el campo es gigantesco –dijo Tomeo observando la enorme distancia de portería a portería.

–¿Seguro que las medidas son reglamentarias? –preguntó Ocho.

Mis compañeros tenían razón.

Aquel campo de fútbol era muy grande.

Y la hierba casi te cubría las botas.

Nunca habíamos jugado en un sitio así.

–¿Y por qué tienen esas mangueras? –preguntó Marilyn señalando dos largas mangueras junto al banquillo.

–Seguro que riegan el campo para que el balón corra más –explicó Anita.

–¿¡Más!? –dijo Tomeo–. Ya me estoy cansando solo de pensarlo.

–Dejaos de protestas y en marcha –dijo Felipe.

Hicimos varios ejercicios de calentamiento.

Teníamos que acostumbrarnos un poco a aquel terreno de juego, que era muy distinto a nuestro campo.

El Torneo de la Luna Llena empezaba esa misma tarde.

El partido inaugural lo jugarían los Lobos de Basarri contra el Athletic de Bilbao.

Y a continuación jugaríamos nosotros contra las Ovejas de Undain.

Al día siguiente se celebraría la final entre los dos ganadores.

–Tendríamos que haber venido con más tiempo –dijo Anita–, para aclimatarnos al campo y preparar mejor el partido.

–Es un torneo amistoso –dijo Alicia–. Tampoco vamos a exagerar.

–Bueno, amistoso sí –intervino Felipe–, pero tenemos que entregarnos a fondo. ¡Tenemos que darlo todo! ¡Hay que ganar como sea!

Al darse cuenta de que le mirábamos muy sorprendidos, el entrenador trató de explicarse:

–Ya me entendéis: lo importante es participar, hay que jugar en equipo, y luego ya, si puede ser, ganar, claro.

–Claro, claro –dijo Alicia–, pero con tranquilidad, sin ponernos nerviosos.

–Bueno, mucha tranquilidad tampoco –rebatió Felipe–. Que yo sepa, al fútbol se juega a toda velocidad. ¡No me gustaría que la gente del pueblo piense que somos un equipo tranquilón, de esos que les da igual todo! ¡Venga, a correr!

Empezamos a dar vueltas al campo.

Felipe estaba muy alterado, como si se jugase más que un simple torneo.

—¿Vamos a estar corriendo toda la mañana? —preguntó Tomeo.

—¡Pero si solo llevamos cinco minutos! —dijo Marilyn.

—Pues a mí se me está haciendo eterno —insistió Tomeo.

—Y a mí —admitió Ocho.

Con la hierba tan alta, costaba avanzar.

Y eso no era lo peor.

Lo malo fue cuando empezamos a hacer movimientos con el balón: ¡se quedaba atascado en el césped todo el tiempo!

—A ver, chicos, aquí los pases cortos y los regates no se llevan mucho —explicó Felipe.

—¿Y eso por qué? —preguntó Anita.

—A ti qué más te da —dijo Camuñas—, si eres portera, y encima suplente.

—Mira quién habló —se defendió Anita—, si tú también eres portero.

—Titular —matizó Camuñas.

—Si no se pueden hacer regates, yo no me siento cómodo en el partido —aseguró Tomeo.

—¡Pero si no has hecho un regate en tu vida! —dijo Toni.

—Eso no es verdad —dijo Tomeo—. Una vez regateé a un delantero rival.

–Que no –le recordó Angustias–. Me regateaste a mí por equivocación. Y porque tenía los ojos cerrados.

–Ah, es verdad –admitió el defensa central.

–¿Y por qué tenías los ojos cerrados? –preguntó Marilyn interesada.

–Yo durante los partidos cierro mucho los ojos –contestó Angustias–: cada vez que chutan, o cuando viene un contrario corriendo... Me paso más tiempo con los ojos cerrados que abiertos. ¿No lo sabías?

–Qué desastre de equipo –suspiró Toni.

–Aunque no haga regates –volvió a decir Tomeo–, me encanta pensar que puedo hacerlos. Es el concepto lo que me gusta, no el regate en sí.

—Creo que nos estamos desviando del tema –dijo Felipe.

–¿Y cuál es el tema? –preguntó Ocho.

—Pues el tema es que con la hierba tan alta no hay quien juegue –protestó Toni de nuevo–, por mucho que rieguen.

—En eso lleva un poco de razón el niño –terció Alicia.

–¡Aquí llevamos toda la vida jugando al fútbol así, y tan a gusto, oye! –replicó Felipe–. Solo hay que adaptarse un poco al estilo: más balones largos, pases al hueco, remates según viene el balón... Esas cosas.

—O sea, a lo bruto –resumió Ocho.

—A mí a lo bruto no me gusta, ya os lo digo –avisó Angustias.

—Que no, que no... –insistió Felipe–. Es un fútbol con mucha tradición. En Inglaterra, por ejemplo, también se juega de esta

manera. Menos toques. Un fútbol más directo, más vertical, sin perder el tiempo con florituras. ¡Carrera y disparo!

Todos nos miramos. Y Tomeo repitió lo que estábamos pensando todos:

–¡O sea, a lo bruto!

Felipe negó con la cabeza, como si no le comprendiéramos.

–Y con ese fútbol tan vertical –dijo Helena–, ¿tú metías muchos goles de pequeño?

–Está mal que yo lo diga –respondió el entrenador–, pero no se me daba nada mal, la verdad. Fui el segundo máximo goleador de la liga infantil durante seis años seguidos, un récord.

–¿Y quién fue el primero? –pregunté.

–El máximo goleador fue... mi hermano Marcos –dijo Felipe, muy serio–. Aunque a veces los árbitros se equivocaban y le daban a él los goles que metía yo.

–Claro, ¡como sois iguales! –justificó Helena.

–Eso, y que mi hermano tenía mucho morro –dijo el entrenador–. Además, es una historia muy vieja que ahora no viene a cuento. Hala, ¡partidillo!

Estaba claro que aquel asunto no le gustaba.

Hizo sonar el silbato.

Y repitió:

–¡Partidillo!

–Por fin –dijo Marilyn.

–¿Pero vamos a jugar así? –preguntó Tomeo, preocupado–. ¿Sin almorzar ni nada?

–¡Si acabamos de desayunar! –dijo Ocho.

–Ya, claro –repitió Tomeo una vez más–. Eso lo dices porque a ti no te baja el azúcar, que ya no sé cómo explicarlo.

Nos repartieron en dos equipos.

Camuñas, Tomeo, Marilyn, Helena y Toni en uno.

Anita, Angustias, Ocho y yo en el otro.

–Yo jugaré con los suplentes –dijo Felipe señalándonos–, para equilibrar los dos equipos.

–O sea, que nosotros somos... suplentes –dijo Angustias–. ¡Lo sabía!

–¿Y por qué me has puesto a mí con los suplentes? –pregunté.

–¿¡Y a mí!? –dijo Ocho.

–¡Pero si tú siempre eres suplente! –le recordó Toni.

–Vale, vale, chicos –intervino el entrenador–. Disculpadme, no quería decir eso, ha sido por los nervios del momento. En este equipo, todos iguales, no hay suplentes ni titulares, ya lo sabéis.

–Aun así, yo preferiría ir con los buenos –murmuró Angustias.

–Si quieres te cambio el puesto –dijo Tomeo–. A mí me da igual.

–¡No le puedes cambiar el puesto! –exclamó Felipe–. Tomeo es central, y Angustias, lateral. ¡Y además, que en este equipo no hay buenos ni malos, ni titulares ni suplentes! ¡Se trata de jugar un partidillo para ir acostumbrándonos al campo y a la hierba! ¡Y para que no os amodorréis, que os veo un poco dormidos!

–Felipe, tranquilízate, por favor te lo pido –dijo Alicia.

—Estoy muy tranquilo —contestó el entrenador, agarrando un balón con las dos manos—. De hecho, fíjate... ¡Creo que estoy teniendo un ataque de tranquilidad!

Y le pegó una patada al balón.

Que salió disparado hacia la portería.

—¡Huyyyyyyy! —dijo Tomeo observando la pelota, que salió por la línea de fondo—. ¡Casi metes gol!

Alicia miró muy seria a Felipe.

—¿Se puede saber qué te pasa? —le preguntó—. Desde que hemos llegado estás muy raro, y hay muchas cosas que no... Vamos, que no se entienden muy bien.

—Pues yo creo que está todo clarísimo —respondió Felipe.

–De clarísimo nada –estalló Alicia–. ¡Resulta que tienes un hermano gemelo! ¡Y dos sobrinos gemelos! ¡¡¡Y vete tú a saber qué más!!! ¡¡¡Y no me lo habías contado por algún motivo que sigo sin entender!!!

La entrenadora estaba lanzada.

–¡Ah! Y, por lo visto, estás picado con tu hermano por los goles que metíais de pequeños, o por el torneo, a ver quién es mejor entrenador, o por lo que sea –continuó Alicia–. ¡Bueno, y eso de que te llamaban el terror de Basarri porque la liabas un día sí y otro también me parece de traca! ¡Y, por si fuera poco, nos traes a un pueblo que cuando hay luna llena... aparece un hombre lobo! ¡¡Un hombre lobo, Felipe!! Y ahora pegas un balonazo sin ton ni son... Yo así no, ¿eh? ¡¡¡Así no!!!

—Perdona, Alicia —pidió Felipe—. Tienes razón... No te enfades, por favor.

Alicia se alejó hacia un extremo del campo.

Felipe fue detrás de ella corriendo.

—¿Qué les pasa a esos dos? —preguntó Camuñas.

—Pues que Felipe le ha ocultado muchas cosas —explicó Anita—. Y Alicia se siente engañada. Por otro lado, Felipe está muy alterado por el regreso a sus raíces y porque quiere demostrar delante de su hermano y de su pueblo que es un gran entrenador.

Todos miramos a Anita con los ojos muy abiertos.

—¿Siempre lo sabes todo, empollona? —le preguntó Toni, perplejo.

—Creo que sí —respondió ella.

—Bueno, ¿entonces hay partidillo o no? —preguntó Camuñas.

Tal vez lo mejor era esperar a que volvieran los entrenadores.

Pero una voz respondió:

—¿Os atrevéis a jugar un partidillo contra los Lobos?

Nos dimos la vuelta.

Sentados sobre la valla estaban los dos niños de negro.

Marcos Lobo, con el número 10.

Y Felipe Lobo, con el número 11.

No les habíamos oído llegar.

—¿Cuánto tiempo lleváis ahí? —pregunté.

—El suficiente —respondió Marcos—. Responded: ¿os atrevéis a echar un partidillo de entrenamiento contra los Lobos?

–Pues claro que nos atrevemos –respondió Toni–. Pero solo sois dos, y no queremos abusar.

–¿Quién ha dicho que somos dos? –contestó Felipe Lobo.

Ambos dieron un salto y cayeron de pie sobre la hierba.

Levantaron el hocico, quiero decir, la nariz, como si estuvieran olfateando algo.

A continuación pegaron dos aullidos:

–¡Auuuuuuuuuuuuuuuuuuuuu!

–¡Auuuuuuuuuuuuuuuuuuuuuuu!

En pocos segundos surgió del bosque un grupo de niños y niñas.

Vestidos de negro.

Atravesaron el prado corriendo.

Y antes de que pudiéramos reaccionar, se plantaron en mitad del campo.

Justo delante de nosotros.

–¿Os atrevéis? –insistió Marcos.

LO QUE FALTABA: NO SOLO AÚLLAN Y HACEN FALTAS... ¡AHORA TAMBIÉN GRUÑEN!

MARILYN Y TONI INTENTAN CORTAR SU AVANCE.

CORREN CON EL BALÓN CONTROLADO HACIA NUESTRA PORTERÍA.

ANTES DE QUE PODAMOS DARNOS CUENTA, SE PLANTAN EN LA PORTERÍA.

TOMEO SALE A DEFENDER.

Era un verdadero espectáculo.

Nueve niños y niñas vestidos completamente de negro.

Sobre la hierba.

Subidos al banquillo.

Agarrados al larguero de la portería.

En pie sobre la valla.

Con la mirada en el cielo.

Y todos aullando:

–¡¡¡Auoooooooooooooooooooooooooooooooooo!!!

–¿Lo habéis visto? –preguntó Camuñas–. He hecho un paradón.

–Ya, ya, pero después nos han metido un golazo –dijo Tomeo.

–Son buenísimos –sollozó Angustias–. ¡Y mira cómo aúllan!

—Pero ¿por qué te has apartado cuando venían hacia nuestra portería? –le preguntó Marilyn.

—¡No me apartaba! –contestó el lateral–. ¡Cubría los espacios!

—Son muy rápidos –dijo Ocho desde la banda, observándolos.

—Y muy grandes –añadió Anita.

—Hay que ver cómo golpean el balón –sentenció Angustias.

—¿Nos rendimos ya? –preguntó Tomeo.

—Aquí no se rinde nadie –zanjó Toni–. ¡Se van a enterar!

Agarró el balón y se dispuso a sacar otra vez de centro.

—Tú eres el que se ha llevado el balonazo esta mañana, ¿verdad? –le preguntó Marcos sonriendo al pasar a su lado.

—Estos del Soto Alto son especialistas en recibir balonazos en la cara, ja, ja, ja, ja, ja, ja, ja –dijo Felipe señalando a Toni y Camuñas.

Empezaron todos a reírse.

—El partidillo continúa –avisó Toni–. Menos risas y más jugar al fútbol.

—No te sulfures tanto, chavalín –dijo Felipe Lobo–, que es solo un entrenamiento. Reservaos para el partido que tenéis esta tarde con las Ovejas.

—¿Me has llamado chavalín? –preguntó Toni acercándose a él.

—Ahí va, el empanado este –replicó Felipe Lobo–. Ahora se pone bravucón.

—¿¡Y ahora me has llamado empanado!? –dijo Toni, que cada vez se estaba enfadando más.

—¿Qué pasa, que estás un poco sordo? –dijo Marcos.

Al oír eso, todos los de su equipo se rieron de nuevo.

–¿Pues sabéis lo que os digo? –dijo Toni–. Que mucho balonazo y mucho vestir de negro... Pero se ve a la legua que sois unos pueblerinos y unos ignorantes.

Definitivamente, Toni se había pasado.

–Eso que has dicho no lo sabemos –intervino Ocho, tratando de poner paz.

–Además, que el País Vasco es una de las principales áreas mundiales en cuanto a innovación y tecnología –apuntó Anita.

–Y que nosotros también somos de pueblo –recordó Tomeo.

–Pide perdón por lo que has dicho, empanado –advirtió Marcos señalando a Toni.

–No nos dais miedo –exclamó Toni.

–A mí sí que me dan –aseguró Angustias.

–Pueblerinos –repitió Toni mirando a los dos hermanos–. Mucho aullar, pero a la hora de la verdad, sois unos lobitos.

–Venga, déjalo ya, Toni, por favor –pidió Helena.

Pero Toni no estaba dispuesto a parar.

Y los hermanos Lobo tampoco iban a darse por vencidos.

–Te vas a enterar –dijo Marcos haciendo un gesto con las manos–. ¡Aúpa lobos!

Marcos y Felipe se dirigieron hacia él con gesto serio y desafiante.

Y comenzaron a aullar:

–¡Auuuuuuuuuuuuuuuuuuuuuuuuu!

Acto seguido, los imitaron todos los integrantes de su equipo.

Los nueve jugadores aullaron.

Y avanzaron hacia Toni.

Que permanecía solo en el centro del campo.

Con los puños cerrados.

Sin apartar la mirada.

Parecía dispuesto a enfrentarse a todos si hacía falta.

—No podemos dejarle solo —dijo Helena.

—A lo mejor sí podemos —susurró Angustias, asustado.

—Como capitana que soy —exclamó Marilyn—, una cosa os digo: ¡apoyemos a nuestro compañero, aunque sea un chulito!

Todos caminamos detrás de Toni.

Los Lobos avanzaban decididos hacia el centro del campo, siguiendo a los dos hermanos.

Nosotros avanzábamos hacia ellos, siguiendo a Toni.

En unos instantes, chocaríamos unos contra otros.

Y si nadie lo evitaba, se liaría una buena.

Pufffffffffffffffff...

Levanté la vista, esperando que apareciera alguien.

Pero ni rastro de nuestros entrenadores.

Ni de ningún otro adulto.

Estábamos solos en aquel campo.

A punto de pelearnos.

Me quedé un poco retrasado, detrás del grupo.

Y pensé: «Tengo que hacer algo».

Pero ¿el qué?

Los Lobos y los Futbolísimos estábamos a punto de iniciar una gran pelea.

¡No podía permitir que ocurriera algo así!

¡No tenía ningún sentido!

Toni dio un último paso y señaló a los dos hermanos.

–Preparaos a morder el polvo, lobitos –dijo.

–Ahora lo veremos, empanado –respondió Marcos.

Toni apretó los dientes.

Estaba dispuesto a darle un empujón.

O algo peor.

Si lo hacía, no habría vuelta atrás.

Todos nos veríamos envueltos en una pelea horrible.

Tomó impulso para empujar a Marcos Lobo con las dos manos.

Y entonces...

¡Un gran chorro de agua le impactó en el rostro y en el cuerpo!

—¿¡¡¡Eeeeeeeeeeeeeeeeeh!!!? —exclamó Toni—. ¿¡¡¡Qué pasa!!!? Glub, glub...

No pudo seguir hablando porque el enorme chorro de agua le tiró al suelo.

Cayó de culo y el agua siguió mojando su cara un rato más.

Hasta que al fin se oyó un clic, y el chorro de agua desapareció igual que había empezado: de repente.

Toni estaba atónito.

Y completamente empapado.

Los jugadores de ambos equipos le miraban intentando comprender.

—¿¡¡Qué ha pasado!!? —preguntó Toni escupiendo un hilillo de agua.

Grité:

—¡He sido yo! ¡Perdón!

Todos se giraron hacia mí.

Estaba encima del banquillo, sujetando una manguera.

Dije:

—Lo siento, he sido yo. Es que he visto que los ánimos estaban un poco caldeados... y he pensado que sería buena idea enfriarlos.

Me encogí de hombros.

Los Lobos empezaron a reírse.

—Qué raritos sois los del Soto Alto, ja, ja, ja, ja, ja, ja, ja —dijo Marcos Lobo.

—Vaya pinta, ja, ja, ja, ja, ja, ja, ja —añadió Felipe Lobo—. Uno con la manguera... y el otro como un pollito mojado.

Y más risas.

En ese momento, un sonido interrumpió las risas.

Un sonido que venía del bosque.

Era...

Un aullido.

Más grave y profundo que otras veces.

—¡Auuuuuuuuuuuuuuuu! ¡Auuuuuuuuuuuuuuuuuuuuuuuuuu!

A lo mejor era su entrenador, que los llamaba de esa forma tan peculiar.

O a lo mejor era un lobo de verdad.

No lo sé.

Los jugadores se dieron la vuelta y salieron corriendo.

—Ya nos veremos más tarde —dijo Marcos Lobo.

En un abrir y cerrar de ojos, cruzaron el prado a toda velocidad.

Y se internaron en el bosque.

—¿Han dicho que nosotros somos los raritos? —preguntó Tomeo mirando hacia el bosque.

—¿¡¡Por qué lo has hecho!!? —exclamó Toni, poniéndose en pie y sacudiéndose el agua del pelo y de la camiseta.

—No lo sé —respondí—. Vi la manguera y fui corriendo... Solo quería evitar una pelea.

—¡Pues haberles echado el agua a ellos! —protestó.

—Disculpa, es lo primero que pensé... —intenté decir.

—¡Pero no te atreviste! —me cortó Toni—. Muy bonito: no te atreves a enfrentarte a ellos; pero a tu compañero de equipo, sí.

—Que no es eso... —traté de decir otra vez.

—Pues claro que no es eso —dijo Helena con hache—. ¿Qué habría pasado si Pakete llega a empapar de agua a los hermanos Lobo?

—Creo que no les habría sentado muy bien —dijo Tomeo.

—Se habría liado una muy gorda —aseguró Anita.

—¡Exacto! —dijo Helena—. Si los hubiera mojado a ellos, habría sido aún peor. ¡Y Pakete quería evitar la pelea! La única manera era hacer algo que nadie se esperase. ¡Por eso te enchufó a ti con la manguera! ¡Tampoco es para tanto por un poco de agua! ¡Además te ha pedido perdón! ¡Y lo más importante: ha conseguido que nadie se peleara!

—Tienes toda la razón —dijo Marilyn.

—Pues claro —insistió Helena—. Pakete lo ha hecho por ayudar.

—Gracias —dije.

Toni negó con la cabeza.

La explicación no le convencía.

—¡Me ha dejado en ridículo delante de todos! —exclamó.

Toni me miró muy serio.

—¡Lo has hecho porque sabías que conmigo no te pasaría nada! —dijo señalándome—. ¡Con ellos no te has atrevido, reconócelo! Da igual lo que digas, en el fondo eres un cobarde.

—Yo no...

—¡Tú sí! —zanjó Toni—. Si de verdad querías evitar una pelea, haberte puesto de mi parte, como habría hecho yo en tu lugar. ¡Y me voy a cambiar de ropa, que estoy helado de frío! ¡Hasta luego!

Resopló y se marchó de allí a buen paso.

—Creo que está un poco enfadado —dijo Ocho mirando cómo se alejaba.

Camuñas se colocó la gorra y preguntó:

—¿Es que nadie va a comentar mi paradón?

–¡Pero si han marcado! –dijo Anita.

–A la segunda –matizó Camuñas–. El primer chut lo he parado. Ha sido impresionante. Me he lanzado estilo pantera, con los pies y los brazos estirados, con unos reflejos felinos...

–El balón te ha golpeado en los morros –recordó Marilyn.

–Ha sido un churro –dijo Tomeo.

–Sabes perfectamente que la has parado de casualidad –dijo Anita.

–Soy un incomprendido –se lamentó Camuñas–. ¿De verdad no os habéis fijado en mi estilazo al tirarme...?

Salieron todos del campo, comentando el gol y la parada de Camuñas.

Yo me quedé allí en medio.

No me sentía muy bien.

–Has impedido la pelea –dijo Helena.

–Es lo que intentaba –respondí.

–Entonces, ¿por qué estás triste? –me preguntó ella.

–Porque a lo mejor Toni tiene razón –contesté–. Puede que en realidad sea un cobarde y no me atreviera a enfrentarme a los Lobos.

–Te conozco muy bien –dijo Helena con hache–, y te aseguro que no eres ningún cobarde.

–No lo sé –dije.

Primero los Lobos me habían robado el balón con una falta.

Luego nos habían metido un gol empujando a Tomeo y al propio Camuñas.

Después se habían reído de nosotros.

Y aun así...

¡Yo había empapado a Toni con la manguera!

¿Lo había hecho porque era lo mejor para evitar la pelea?

¿O porque me daban miedo los hermanos Lobo?

Para ser sincero, no estaba seguro.

El Torneo de la Luna Llena tenía cien años de antigüedad.

Se llevaba celebrando en aquellos prados durante un siglo exactamente.

Por lo visto, a lo largo de la historia se había jugado en distintos campos de fútbol de la zona.

Hasta llegar al actual, que estaba en un extremo del valle, junto a unas cuevas, y que era muy moderno, con paneles de iluminación y un videomarcador digital esférico muy chulo.

El torneo siempre había tenido el mismo formato, con cuatro participantes: Basarri, Undain y dos equipos invitados de fuera del valle.

Hasta ahora se habían celebrado cien ediciones.

Cincuenta victorias para los Lobos.

Y cincuenta victorias para las Ovejas.

Ese año se rompería el empate...

En esos momentos nos encontrábamos en una pequeña ermita sobre un monte, desde el cual se divisaba todo el valle.

Allí estaban reunidos casi todos los habitantes de los dos pueblos.

Agolpados a las puertas de la ermita.

Para cumplir con una tradición aún más antigua que el torneo.

Pasear la figura de madera del santo antes del primer partido.

San Bonifacio Ertxundi.

Un santo local que tenía una prominente barriga y que llevaba un hábito de monje y una txapela.

Por lo visto, el santo había peregrinado hacía siglos desde Alemania, caminando de noche, guiado únicamente por la luna.

Había construido una pequeña iglesia, de la que se conservaban algunas piedras y sobre la que estaba edificada la actual ermita.

Era una tradición muy importante para ellos.

Se conmemoraba cada año.

Justo antes de que diera comienzo el torneo de fútbol.

Una docena de hombres y mujeres salieron de la ermita cargando la figura de madera de san Bonifacio Ertxundi, que debía de pesar una barbaridad.

El párroco del lugar, que se llamaba precisamente Bonifacio y al que todos llamaban Boni, apareció detrás de la comitiva.

Era un tipo con poco pelo y bastante gordito.

La sotana le hacía aún más tripa que al santo.

Contempló orgulloso la figura de madera, que avanzaba lentamente.

De pronto, una mujer se abrió paso entre la multitud y bramó:

–¡Gizotso! ¡Es un torneo maldito! ¡Gizotso! ¡¡¡Gizotso!!!

Todos nos giramos hacia ella.

–¿Quién ha dicho eso? –preguntó el cura, con cara de pocos amigos.

Allí apareció una mujer rubia, muy alta y vestida de blanco.

–Es la entrenadora de las Ovejas que vimos esta mañana –dijo Helena.

–Creo que sí –corroboró Marilyn.

Los nueve miembros del equipo estábamos junto a la valla de piedra que rodeaba la ermita, al lado de nuestros entrenadores.

–He sido yo, padre Boni –admitió la mujer–. Lo he dicho y lo repito: ¡¡¡gizotso!!!

–¿Ya estamos como todos los años? –dijo el párroco, armándose de paciencia–. ¿Qué os tengo dicho de las maldiciones?

–¡Que no existen! –se apresuró a contestar el entrenador Marcos, que apareció allí rascándose la barba–. Las maldiciones son puras invenciones.

—Que diga eso precisamente un Lobo me hace mucha gracia —replicó la mujer.

—Es que los Lobos somos muy graciosos —dijo Marcos—. Venga, vamos a sacar al santo y dejémonos de maldiciones, Oveja.

Marcos y la mujer de blanco se encararon allí en medio, desafiantes. Era evidente que se conocían muy bien.

—¿Ha llamado oveja a la mujer? —preguntó Tomeo.

—A lo mejor es su apodo —dijo Ocho.

—O su apellido —apuntó Anita—. Recordad lo que nos explicó anoche de la familia más antigua de Undain.

—Los Oveja Oveja —susurró Camuñas.

—Precisamente —dijo Anita.

La gente de ambos pueblos permanecía atenta, esperando que el santo terminara de salir de la ermita para cumplir con la tradición.

–Todo el mundo sabe que hay un maleficio sobre el valle –dijo la mujer de blanco–, y que si los Lobos ganan el torneo habrá una gran desgracia...

–¡Y dale con el maleficio! –cortó el cura–. Aquí lo único que hay son dos familias muy testarudas, que ya cansáis.

–¿A qué maleficio se refiere? –preguntó Alicia, interesada.

–Nada importante, habladurías –contestó Felipe–. Una antigua leyenda dice que, cuando el equipo de los Lobos gane más torneos que las Ovejas, el valle será atacado por un hombre lobo.

–¡Un gizotso devorará todo! –exclamó la mujer.

–Gizotso es hombre lobo en euskera –aclaró Felipe–. La leyenda dice que tiene grandes colmillos y garras, y que habita en una cueva con unas largas cadenas, y que, por supuesto, se transforma en hombre lobo cuando sale la luna llena...

Angustias se echó a temblar.

–¿¡Otra vez con los hombres lobo!? –preguntó–. ¿No habíamos quedado en que no existen?

–¡Pues claro que existen! –replicó la mujer de blanco, convencida–. ¡Todo el mundo aquí lo sabe! ¡Es tan real como el Torneo de la Luna Llena! ¡Eran los dueños del valle! Y si los Lobos ganan más torneos que las Ovejas... ¡Gizotso! ¡¡¡Gizotso!!!

–No lo entiendo –intervino Alicia–. ¿Es que a lo largo de estos años los Lobos nunca han ido por delante de las Ovejas en torneos ganados?

Felipe se encogió de hombros.

–Es una espinita que tenemos clavada –respondió–. Siempre han ganado más torneos las Ovejas. Es la primera vez que hay empate a victorias. Y, por lo tanto, la primera vez que los Lobos se pueden poner por delante.

–Pues entonces mejor que no ganen los Lobos –dijo Tomeo–, ¿no?

–Eso digo yo –añadió Marilyn–. Si hay una maldición y corre peligro todo el valle... ¿por qué quieren ganar los Lobos? Que dejen ganar a las Ovejas o a cualquier otro equipo y asunto arreglado.

Marcos, Felipe y el resto del equipo miraron a Marilyn como si hubiera dicho una locura.

—Los Lobos nunca jamás se dejarán ganar —dijo Marcos, al que habían tocado el amor propio—. Y menos por las Ovejas.

—En cualquier caso —dijo Felipe—, insisto en que es una pura superstición, leyendas sin fundamento. Los hombres lobo no existen. ¡Ni en euskera ni en ningún idioma!

La mujer de blanco se acercó a Felipe y le dio dos besos.

—Kaixo, Felipe Lobo Lobo —dijo—, ¿no me vas a presentar a tu esposa?

—¿Eh? Ah, sí —dijo el entrenador, nervioso—. Mira, Alicia, te presento a Zumaia Oveja Oveja... La entrenadora de las Ovejas.

—Encantada —dijo Alicia estrechando su mano.

—Lo mismo digo —musitó Zumaia—. Felipe y yo fuimos novios de jóvenes, hace mucho tiempo ya. En aquella época, nadie en el valle veía con buenos ojos que un Lobo y una Oveja saliéramos juntos.

—No me habías comentado nada, cariño —dijo Alicia, y fulminó a Felipe con la mirada—. Otra cosilla que se te ha pasado.

—De eso hace mucho ya —dijo Felipe—, cosas de críos.

—Si es que mi hermano era un rompecorazones —intervino Marcos dándole un golpe en el hombro—. No le llamaban el terror de Basarri solo por las gamberradas. Ja, ja, ja, ja, ja, ja, ja, ja, ja...

Alicia, Zumaia, el propio Felipe e incluso nosotros empezamos a reír también.

¡Ja, ja, ja, ja, ja, ja, ja, ja, ja, ja, ja, ja, ja, ja, ja, ja, ja, ja!

Todo el mundo se reía con muchas ganas.

—¿De qué nos reímos? —me preguntó Camuñas en voz baja.

—Ni idea —respondí—. Están hablando de un gizotso, o sea, de un hombre lobo, y nosotros venga a reírnos. No lo entiendo.

—Lo mejor será impedir que los Lobos ganen el torneo —murmuró Camuñas entre dientes—, y así no se cumplirá la profecía del gizotso.

Camuñas tenía toda la razón: había que intentar que los Lobos no ganaran.

Y asunto arreglado.

—Bueno, ¿sacamos de una vez a san Bonifacio Ertxundi? —preguntó el párroco, con los brazos en jarras—, ¿o vamos a estar toda la tarde discutiendo de maldiciones y de viejos noviazgos?

Zumaia, Marcos y Felipe se lanzaron una última mirada y se apartaron del camino.

Por fin salió la comitiva de la ermita con la figura del santo a cuestas.

Al fondo vi a los jugadores del Basarri, con los dos gemelos al frente. No nos quitaban ojo.

En el otro extremo estaban los niños y niñas del Undain.

Los jugadores de los Lobos y las Ovejas ni siquiera se miraban, parecían ignorarse completamente.

Un poco más allá también se encontraban los jugadores y el entrenador del Athletic, con sus equipaciones blancas y rojas.

Al pasar la comitiva frente a nosotros, todos miramos a la entrenadora del Undain.

—Bienvenidos al valle, muchachos —dijo Zumaia sin detenerse, observándonos de reojo—. Parece que habéis elegido un mal año para venir de visita. Esperemos que no ganen los Lobos y se cumpla la maldición. Por el bien de todos.

–Nosotros no somos mucho de creer en maldiciones ni en hombres lobo –replicó Anita.

–Ya, ya, eso dicen todos –respondió la mujer–. Buena suerte esta tarde en el partido. La vais a necesitar.

Murmuró una última palabra:

–Gizotso.

Y siguió adelante.

Alicia levantó la mano para despedirse y dijo:

–Suerte, señora Oveja Oveja. Quiero decir, Zumaia. Bueno, pues eso, que mucha suerte. ¡Y que gane el mejor!

Pero ya no la escuchaba.

Se perdió entre la multitud, detrás del santo.

–Qué estirada es –dijo Camuñas.

–Y qué piel tan blanca –añadió Ocho.

–Claro, es una Oveja –aseguró Tomeo.

Marcos Lobo Lobo se acercó a nuestro entrenador y le dijo:

–Ya has visto que Zumaia sigue igual que siempre: con ganas de pelea.

–Bueno, en el torneo le bajaremos los humos –respondió Felipe, apartando la mirada de su gemelo.

Marcos se dirigió ahora a Alicia:

–Hay mucha expectación en el pueblo por ver jugar al equipo de mi hermano, ¿sabes?

—No me extraña, es un gran entrenador —contestó Alicia—. Pero te recuerdo que el Soto Alto tiene dos entrenadores: Felipe... y yo.

—Por supuesto —dijo Marcos—. ¿Necesitáis algo antes del partido?

—Nada, todo fenomenal —contestó Alicia.

—Sí —dije yo—, aparte del detalle de la maldición y el hombre lobo, y que estamos muertos de miedo, todo genial.

—Qué simpático, ja, ja —dijo Marcos mirándome—. Tú eres Pakete, ¿verdad? El que falla todos los penaltis...

—Todos tampoco —contesté.

—No te preocupes por maldiciones —dijo—, y disfruta del viaje, que estás en el mejor lugar del mundo. ¡Agur, pandilla!

Él también se alejó detrás de la procesión.

–Bueno, bueno, bueno –dijo mi madre entusiasmada, saliendo de una tienda que había junto a la ermita–. Hemos comprado unos recuerdos muy originales para todos, mirad.

A su lado apareció también el director del colegio, con una bolsa de tela en la que se podía leer: «San Bonifacio Ertxundi. Souvenirs».

–Regalos autóctonos –dijo Esteban–, una maravilla.

Mi madre metió la mano en la bolsa y sacó una pequeña figurilla del santo.

–Un san Bonifacio tallado a mano –anunció, y siguió sacando objetos–. Un queso artesanal del valle, por supuesto. Y una postal con la ermita original. Ah, y lo mejor... ¡Una bala de plata para cada uno!

Mostró una bala sosteniéndola entre el dedo índice y el pulgar.

–¿¡Una bala de verdad!? –preguntó Camuñas, estupefacto.

–¿De plata? –preguntó Ocho.

–¿Y para qué sirve? –añadió Tomeo.

–Eso lo sabe todo el mundo –contestó Anita–: las balas de plata sirven para acabar con los hombres lobo. Es la única forma de matarlos.

Mi madre se llevó la mano a la boca.

–¡No me digas! –exclamó–. Y yo que pensaba que eran de adorno para poner en la estantería junto al cenicero de cerámica que compramos en Jaén.

Todos nos quedamos en silencio mirando aquella bala de plata.

–¿Cómo vamos a usarla? –preguntó Camuñas–. Si no tenemos pistola...

–No digas barbaridades –respondió Helena.

–Además, es una bala de mentirijilla –dijo Anita, cogiéndola–. Mira: ni siquiera pesa, es de plástico.

–Es un souvenir del pueblo –insistió Esteban–, como el queso o los botijos.

–Ya, ya, igualito –dijo Angustias, que empezó a sudar.

Estaba claro que allí todo era diferente.

Incluso los regalos de la tienda de recuerdos.

Mi madre repartió las balas, nos dio una para cada uno y dijo:

—No las perdáis, calamidades.

Miré la bala en la palma de mi mano.

Aunque sabía que no era de verdad, no pude evitar pensarlo.

¿Tendríamos que usarla para acabar con un... gizotso?

Por lo visto, antes del comienzo del partido, el entrenador Marcos llevó de excursión a mi madre, Esteban y Alicia por el bosque y por las cuevas del lugar.

También fueron al gran campo de fútbol donde se iba a disputar el torneo, y del que estaban tan orgullosos.

Estaba construido precisamente al pie de las grutas del valle.

Y lo habían provisto de la última tecnología.

Nosotros nos quedamos descansando en el caserío.

Concentrados para el torneo.

Un rato después, por fin llegamos al campo.

Estábamos deseando que todo empezara.

A un lado de la grada, cientos de espectadores gritaban:

–¡Athleeeeeeeeeeeeeeeeeeeeetiiic!

–¡Oé! ¡Oé! ¡Oé! ¡Oé!

Y justo enfrente, al otro lado de la grada, cientos de espectadores rivales gritaban también:

–¡Loooooooooooooooooooobos!

–¡Auuuuuuuuuuuu! ¡Auuuuuuuuuuuuuu!

El primer partido del torneo estaba a punto de comenzar.

El Athletic Club de Bilbao contra los Lobos de Basarri.

Nosotros nos sentamos en una esquina de la grada, intentando pasar desapercibidos en medio de aquel ambiente atronador.

Justo después llegaría nuestro turno contra las Ovejas.

Los dos equipos ya estaban preparados.

Vestidos totalmente de negro, el Basarri.

Y de blanco y rojo, con pantalón negro, el Athletic.

El árbitro saltó al terreno de juego.

–¡Pero si es el cura! –exclamó Camuñas.

Tenía razón.

El árbitro era el párroco Bonifacio, más conocido como Boni.

Solo que ahora había cambiado la sotana por un pantalón corto y una camiseta de color amarillo.

Estaba claro que allí todos participaban en el torneo de una forma u otra.

–Es otra tradición –explicó nuestro entrenador–: el cura arbitra todos los partidos del torneo.

En medio de la grada también estaba la figura de madera de san Bonifacio Ertxundi, presidiendo el partido.

Por lo visto, estaría allí hasta que acabara el torneo.

El videomarcador era chulísimo, totalmente esférico, y emitía luces de distintos colores.

Apareció un enorme 3 en la pantalla.

Después, un 2.

Un 1.

Y...

El padre Boni se llevó el silbato a la boca y pitó el inicio del partido:

—¡Piiiiiiiiiiiiiiiiiiiiiiiiiiiiiiiiiiiiiiiiiiiiiiiiii!

Los Lobos sacaron de centro.

Marcos, el número 10, recibió la pelota en el círculo central.

Pegó una carrera y desde muy lejos...

¡Chutó a portería!

El balón cruzó el campo y salió fuera, muy lejos de la portería.

A pesar de que el chut se había ido muy lejos, los vecinos de Basarri aplaudieron entusiasmados, como si hubiera sido una gran ocasión.

—¡¡¡Bravo!!!

—¡¡¡Así se hace!!!

—¡¡¡Aúpa Lobos!!!

Más y más aplausos.

Y todos empezaron a corear su lema:

¡Corre, huye, escapa,
que ya viene el lobo!

Tomeo se puso en pie, indignado.

–¡Pero si no rima! –protestó.

–¿Y...? –preguntó Marilyn.

–¡Pues que nosotros elegimos nuestro lema, aunque era horrible, solo porque rimaba! –dijo Tomeo.

–Horrible no es –dijo Felipe, que era quien se lo había inventado.

–Lo del cobalto es horrible –admitió Alicia–, aunque al menos es pegadizo.

–A mí me da vergüenza –dijo Ocho–. Si os parece, en nuestro partido mejor no lo coreamos.

–Propongo que volvamos a nuestro clásico –añadió Marilyn–: «Soto Alto ga-na-rá, ra-ra-ra».

–Pues a mí me gusta más el nuevo –dijo mi madre–: «¡Aquí está el Soto Alto! ¡Invencibles como el cobalto!».

–Mamá, por favor –le pedí haciéndole un gesto para que bajara la voz.

–Ay, hijo, qué aburridos sois, de verdad –dijo ella.

–Es que las nuevas generaciones no saben disfrutar –aseguró Esteban, poniéndose en pie con una vuvuzela.

Sopló con todas sus fuerzas y la hizo sonar.

¡Tuuuuuuuuuuuuuuuuuuu!

Todos en el campo le observaron como si fuera un marciano.

–Me parto, ja, ja, ja, ja –dijo él–. ¡Cómo me miran todos! ¡Se nota que les encanta!

Y volvió a soplarla.

–¡Aúpa Lobos! –exclamó–. ¡Y aúpa Athletic! ¡Que a mí lo mismo me da unos que otros! ¡Ja, ja, ja, ja!

–Me troncho contigo, Esteban –dijo mi madre–. ¿De dónde has sacado ese chisme?

–Lo tenían en la tienda de souvenirs –contestó él encogiéndose de hombros.

–Déjame a mí, anda –pidió ella.

Mi madre se puso también de pie.

Y sopló aquella vuvuzela a todo pulmón.

¡Tuuuuuuuuuuuuuuuuuuuuuuuuuuuuuuuuuuu!

Viendo que todos en la grada se giraban hacia ella, se vino arriba y exclamó:

–¡¡¡Aquí está el Soto Alto!!! ¡Invencibles como el cobalto!!

Por si fuera poco, sopló otra vez la dichosa vuvuzela.

¡¡¡Tuuuuuuuuuuuuuuuuuuuuuuuuuuuuuuuuuuuu!!!

Creo que más de uno tuvo ganas de levantarse y partirle en dos la vuvuzela.

Mi madre se dejó caer sobre el asiento.

–Uf, casi me quedo sin aire –dijo–. ¡Ay, qué bien lo estamos pasando en este viaje!

–Yo creía que estaban prohibidas las vuvuzelas –murmuró Anita.

–Pues se ve que aquí no –dijo Helena.

El partido continuó como había empezado.

Los dos equipos corrían mucho.

Y disparaban desde cualquier posición.

Los gemelos Lobo chutaron varias veces desde fuera del área, igual que habían hecho por la mañana, en el entrenamiento con nosotros.

Solo que esta vez el balón no entró en la portería.

El portero hizo algunas paradas.

Un balón se estrelló contra el larguero.

Otro rozó el poste por muy poco.

El resto de disparos salieron fuera.

Los del Athletic no se quedaron cortos.

Lanzaron un montón de veces a portería.

Pero tampoco marcaron ningún gol.

Ambos equipos corrían muchísimo, pero no acertaban con el balón.

El primer tiempo acabó con empate a cero.

–Estoy agotado solo de verlos –dijo Tomeo–. Han corrido más en treinta minutos que nosotros en toda la temporada.

–Es que practican un juego muy físico –recordó Anita–. Ya nos lo advirtió Felipe.

–Solo corren y corren, empollona –intervino Toni–. No tienen ni idea de regatear, ni de hacer jugadas de equipo.

–Hombre, yo creo que en equipo sí que juegan –dijo Camuñas–. Se les ve muy compenetrados.

–Y le pegan a la pelota unos zurriagazos de impresión –dijo Marilyn–. ¡Qué forma de chutar!

–Yo creo que entre los dos equipos han disparado más de cien veces a portería –dijo Ocho–. Son incansables. Espero que las Ovejas no corran tanto...

–Necesito comer algo antes del partido –soltó Tomeo–. ¿Quién me acompaña?

–Venga, vamos, tragaldabas –dijo Toni.

–Yo también me apunto –dijo Helena.

–Vamos todos –dijo Marilyn.

Fuimos saliendo hacia un puesto que había en una esquina del campo, en la parte de abajo.

–¡Recordad que tenéis partido dentro de un rato! –dijo Felipe–. ¡No comáis mucho! ¿Me estáis oyendo?

–Déjales que disfruten –pidió Alicia.

–Disfrutar sí, pero es que van a lo loco –suspiró Felipe, que a medida que se acercaba la hora de nuestro partido parecía aún más nervioso.

–¡Francisco, tráeme algo de beber! –exclamó mi madre.

–¿El qué? –pregunté.

–Pues no sé –respondió ella–, un té o algo calentito, que casi me quedo afónica con la vuvuzela... Y trae también algo para Esteban. ¡No tardes, cariño!

–Sí, mamá.

Cuando me di la vuelta, mis compañeros ya habían desaparecido.

Los vi abajo, a punto de llegar al quiosco del campo.

Empecé a bajar yo solo por las gradas.

La gente estaba de pie, comentando el partido.

Al llegar al césped, crucé por delante de la entrada a los vestuarios.

Me quedé mirando con curiosidad.

No eran como otros vestuarios que yo conocía.

Se trataba de una abertura natural que daba a una especie de gran cueva.

–¿Nunca has visto unos vestuarios dentro de una cueva? –dijo una voz detrás de mí.

–¿Eh?

Me giré.

Allí estaba uno de los gemelos.

Marcos Lobo, vestido de negro, con su inconfundible número 10.

Sudando después de las carreras que se había pegado.

Mirándome muy serio.

–¿Los vestuarios están ahí dentro? –pregunté–. Qué bien.

–Hay muchas cuevas por esta zona –aseguró–. Es donde duerme el gizotso.

–Claro, claro –respondí, agobiándome un poco.

¡Ya estábamos otra vez con el tema!

Marcos se acercó a mí.

Yo retrocedí.

–¿Tú crees en los hombres lobo? –me preguntó.

–Yo... no... o sea, no sé...

No pude terminar de hablar.

Marcos me agarró con fuerza de un brazo y tiró de mí.

–¿Adónde vamos? –pregunté.

–Ahora lo verás –respondió.

Y me arrastró dentro de la cueva.

# 11

El interior estaba muy oscuro.

Marcos me empujó hacia el túnel de entrada.

Era una cueva natural en la que al parecer habían construido los vestuarios, el gimnasio y otras cosas.

–Te agradezco que me quieras enseñar las instalaciones deportivas, son muy pintorescas –dije–. Muy bonito todo. Pero me están esperando mis amigos, y tú tendrás que descansar un poco, os queda la segunda parte...

–¡Shhhhhhhhhhhhhhhhhhhhh! –me cortó llevándose el dedo índice a la boca.

Avanzó por un túnel lateral de la cueva.

Al final del pasillo, entre la oscuridad, se vislumbraba una puerta roja.

En esa parte de la cueva prácticamente no se veía nada, estaba todo en penumbra.

Al darse cuenta de que no le seguía, Marcos se volvió hacia mí y me hizo un gesto para que le acompañase.

—Venga, vamos —murmuró.

Pensé en dar media vuelta y salir corriendo.

No tenía ninguna gana de meterme en aquel pasillo largo y oscuro con Marcos Lobo.

Pero yo no era ningún cobarde.

Helena con hache lo había dicho.

No me iba a asustar tan fácilmente.

Además, estaría feo no aceptar la invitación.

Aunque, por otro lado, apenas le conocía.

Y estaba muy oscuro.

Y no entendía para qué me había traído allí dentro.

¡No sabía qué hacer!

Una vocecilla en mi interior me dijo: «Si no quieres ir por ese túnel, no tienes por qué hacerlo. Lo más valiente sería decir "no" y dar media vuelta».

Después, otra vocecilla en mi cabeza replicó: «Ya estás con tus excusas. No seas miedica y síguele, no te va a pasar nada, demuéstrale que tú no te asustas».

Y otra vez la primera voz: «No tienes que demostrar nada. Ese chico es un desconocido. No tienes por qué meterte en una cueva a oscuras si no te apetece».

Y luego, la otra voz contestando: «Si no eres capaz de entrar en ese túnel con un niño inofensivo, te arrepentirás toda la vida y, aunque los demás no se enteren, tú sabrás que eres un cobarde».

–¡Basta! –exclamé.

Marcos se volvió hacia mí extrañado.

–¿Con quién hablas? –me preguntó.

–Con nadie –respondí–. Perdona, es que me he distraído. Ya voy.

Definitivamente, caminé por el pasillo detrás de él.

–Qué raritos sois –murmuró.

La puerta roja estaba cerrada herméticamente.

En la pared había una pequeña cápsula de cristal líquido con dos dibujos, o más bien dos símbolos.

Un lobo.

Y una oveja.

Marcos acercó la mano a la cápsula de cristal y empezó a teclear unos números que se iban encendiendo con el tacto.

–Ya veo que te sabes la contraseña –dije nervioso–. Ejem... ¿Tienes permiso para abrir esa puerta?

–Los Lobos no necesitamos permiso para hacer lo que nos dé la gana –contestó.

–Ah –dije.

Aquello no había sido buena idea.

A saber lo que habría allí dentro.

Aún estaba a tiempo.

Podía retroceder y salir corriendo.

Miré de reojo hacia atrás, calculando cuánto tardaría en recorrer aquel túnel de vuelta hasta la salida.

Pero entonces apareció alguien en el otro extremo del pasillo.

Cerrándome el paso.

Un niño vestido de negro.

Era...

Felipe Lobo.

Estaba en mitad del túnel, al fondo, observándome fijamente.

Sus ojos azules brillaban en la oscuridad.

Noté que me temblaban las rodillas.

Estaba atrapado entre los dos hermanos.

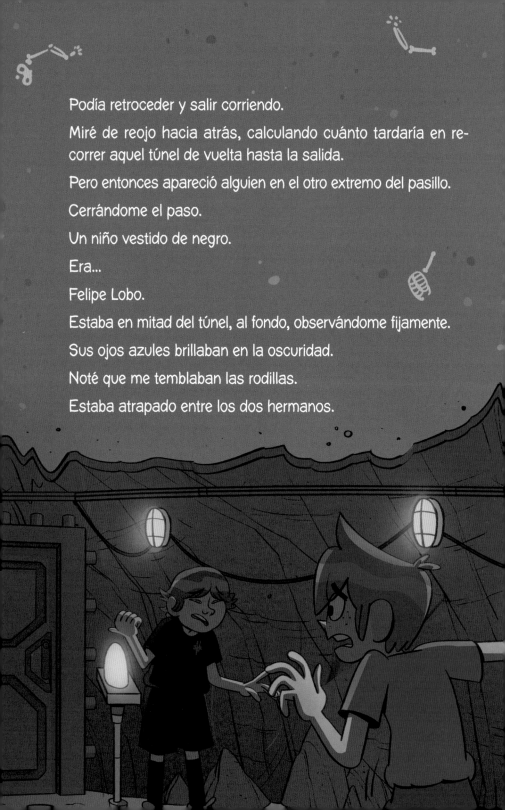

No podía escapar.

–¿Qué me vais a hacer? –pregunté temblando.

–¿De qué hablas ahora? –dijo Marcos.

–Tu hermano y tú –insistí–, ¿para qué me habéis traído aquí dentro?

–Mi hermano no sabe que te he traído –replicó él–. Está en el vestuario con el resto del equipo.

–Mentira –protesté–. Sabes perfectamente que está ahí, vigilando para que no me pueda escapar.

Y señalé al extremo del túnel.

Sin embargo, al mirar de nuevo, ¡no había nadie!

¡El otro gemelo había desaparecido!

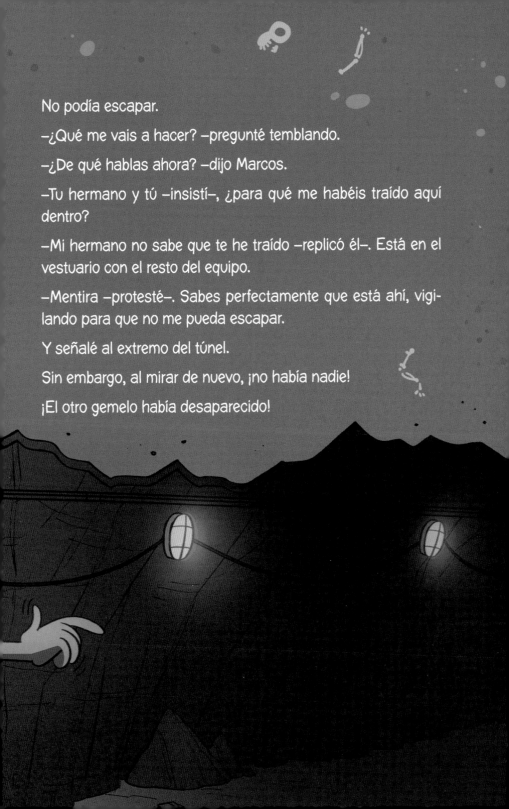

—Estamos solos tú y yo –dijo Marcos–. Necesito enseñarte algo muy importante.

—Pero tu hermano gemelo...

—Felipe y yo somos iguales por fuera –me interrumpió él–, pero en el fondo somos muy distintos. Él no confía en nadie. Yo sí.

—¿Por eso me has traído aquí dentro? –pregunté.

—Justamente –dijo él–. Ahora lo comprenderás.

Se oyó un pequeño pitido y la puerta se abrió lentamente, empujada por Marcos.

Parecía pesar mucho.

Del interior salía una luz azulada.

Marcos entró decidido.

Con desconfianza, eché a caminar detrás de él.

Era una habitación muy grande o, mejor dicho, una cueva.

Había un montón de fotografías muy antiguas, colocadas en unos marcos de cristal sobre unas vitrinas.

Eran imágenes de partidos de fútbol, seguramente de otras ediciones del torneo.

—Mira: esos dos de ahí son mi padre y tu entrenador cuando eran niños y jugaban juntos en el equipo –dijo Marcos señalando una de las fotos.

Era una vieja fotografía muy grande.

Se podía ver a dos niños idénticos, vestidos de negro, en mitad de un rústico prado, corriendo y pasándose el balón.

No sé por qué, pero me emocioné al ver a Felipe de niño jugando al fútbol.

Aunque en la foto aparecían los dos, debajo solo ponía: «Marcos Lobo Lobo. Pichichi del Torneo».

–Tu padre fue pichichi varios años, ¿verdad? –pregunté.

–Eso parece –respondió él sin darle mayor importancia–. Por cierto, ¿sabes por qué se le llama «pichichi» al máximo goleador de un campeonato?

–Me suena que hubo un jugador muy antiguo que se llamaba así –contesté sin estar seguro.

–Exacto, un delantero de aquí, de Bilbao –me explicó Marcos–: Rafael Moreno Aranzadi, alias «Pichichi», que jugó siempre en el Athletic y que metió muchos goles hace más de cien años.

En aquella cueva había muchas fotos y otros recuerdos, como botas de fútbol o equipaciones, incluso viejos balones.

Allí dentro parecían amontonarse muchos años de historia.

–No te he traído para enseñarte fotos antiguas ni para darte lecciones de fútbol –dijo Marcos–. Ven, mira.

Levanté la vista.

En el centro de la estancia había una gran vitrina que sobresalía del resto.

Estaba apoyada en un atril iluminado por un potente foco.

–Este trofeo es una pieza única –dijo Marcos señalando la vitrina–. Cada año se lo lleva a su pueblo el equipo ganador y, cuando empieza de nuevo el torneo, lo vuelve a depositar aquí.

Se podía leer una inscripción debajo: «Torneo de la Luna Llena».

Y dentro estaba el trofeo.

Era impresionante.

Una esfera de vidrio blanca del tamaño de un balón de fútbol.

Aquella esfera pulida reflejaba destellos de luz blanca y azul.

—Es la luna llena —explicó Marcos.

—Es muy chula —reconocí.

—Pero lo importante no es la luna —siguió Marcos—, sino lo que hay en su interior.

Nos acercamos.

Con mucho cuidado, Marcos sacó la esfera con ambas manos.

—¿Seguro que tienes permiso para cogerla? —pregunté.

—Ya te he dicho que los Lobos no pedimos permiso —contestó.

—Vale, vale...

Marcos levantó la esfera blanca para acercarla a la luz.

Estaba hecha de un material traslúcido.

Al colocarla junto al foco, vi que Marcos tenía razón: había algo en el interior.

Un pequeño objeto cilíndrico.

Marcos agitó ligeramente la esfera.

El objeto del interior se movió.

Y provocó un ruido seco al chocar con las paredes de la esfera.

—¿Qué es? —pregunté.

—Una bala de plata —respondió.

La miré con atención, asustado y expectante.

Ahora sí, reconocí la silueta de una bala dentro de aquel trofeo.

–No es como esas que ha comprado tu madre en la tienda –explicó Marcos–. Esta es una bala de plata auténtica.

–Hummmmm –susurré.

Estaba paralizado.

Sin saber qué hacer ni qué decir.

Me encontraba dentro de una cueva.

Con un niño vestido de negro que se llamaba Marcos Lobo.

Y que me estaba mostrando una bala de plata... de verdad.

–La única forma de acabar con el gizotso –continuó él– es esta bala. Ha permanecido dentro de la esfera de la luna llena durante cien años.

–¿Y se la llevará el equipo ganador? –pregunté sin comprender nada.

–Ese es el problema –respondió–. Tienes que ayudarme.

–Yo es que ahora tengo un poco de prisa –dije–. Seguro que todos me están buscando: mis compañeros y mis entrenadores y mi madre y hasta el director del colegio... Y además tú tienes que jugar el partido y...

–Escucha –me cortó–, esto va muy en serio: tengo que pedirte una cosa muy importante.

Miró a su alrededor para asegurarse de que nadie más le oía.

Me miró fijamente.

Y me dijo:

–Si ganamos el torneo y se cumple la maldición, tienes que coger esta bala de plata y acabar con el hombre lobo.

**12**

Me podría haber desmayado en ese momento.

Pero estaba tan paralizado que ni siquiera era capaz de reaccionar.

¿Acabar con un hombre lobo?

¿Con esa bala?

¿Yo?

¿¡Se había vuelto completamente loco!?

—Te agradezco mucho la confianza —dije—, pero ahora sí que me voy. ¡Adiós, hasta luego!

Al darme la vuelta, comprobé que la puerta roja estaba cerrada.

No sé en qué momento se había cerrado, no me había dado cuenta. Agarré el pomo y traté de abrirlo con fuerza. Pero nada, no podía salir de allí.

Miré a Marcos, nervioso.

–¿Por qué me has encerrado? –pregunté.

–Y dale –dijo él–, no te he encerrado. He atrancado la puerta para que no nos descubran. Nadie sabe que estamos aquí. ¡Te estoy hablando muy en serio! ¡Alguien tiene que acabar con el hombre lobo si ganamos el torneo!

–¡Pues no ganéis! –repliqué.

–¡Los Lobos siempre salimos a ganar! –exclamó–. ¡Lo llevamos en la sangre! ¡Es algo que bulle dentro de nosotros!

–Vale, vale –dije–, pero ¿qué tiene que ver el fútbol con los hombres lobo?

–Pues tiene que ver mucho –contestó–. Ya has oído a Zumaia en la ermita: es un torneo maldito.

Al ver mi cara de desconcierto, Marcos se acercó aún más a mí y me confesó:

–Hubo una época en la que este valle estaba lleno de hombres lobo. Cada noche de luna llena aparecían por docenas. Y atacaban a las personas. A los animales. A todo el mundo. ¡Los gizotso eran los amos y señores del valle!

–Me alegro de no haber vivido en esa época –musité.

–Hasta que la gente de Undain y de Basarri se unió y, en lugar de esconderse como habían hecho hasta ese momento, se enfrentaron a ellos –aseguró Marcos–. Las noches de luna llena se reunían todos los habitantes del valle con antorchas y sacaban al santo en peregrinación, para hacer frente a los hombres lobo. Todos unidos consiguieron vencerlos.

–Menos mal.

—Poco a poco, con el paso de los años —siguió—, los gizotso fueron desapareciendo. Algunos dicen que se extinguieron; otros, que huyeron a tierras lejanas. Y hay quien dice incluso que se devoraron entre ellos.

—¿Y el torneo? —dije.

—Pues para conmemorar que los dos pueblos habían sido capaces de ahuyentar a los hombres lobo, se empezó a disputar el Torneo de la Luna Llena —aclaró—. Como una celebración. Y también para que nadie olvide de dónde venimos y el peligro que nos acecha.

—Entonces, por eso se llama así el torneo —murmuré—, y por eso la final se disputa de noche, bajo la luna.

—¡Precisamente! —dijo él—. El problema es que, según la leyenda, si los Lobos ganamos más torneos...

—Alguien del valle se transformará en un hombre lobo —repetí.

Marcos asintió.

—El último hombre lobo —dijo en tono sombrío—. En caso de que ocurra, tienes que usar esta bala de plata y acabar con él.

Traté de digerir toda aquella información.

O sea, que, al parecer, lo que realmente se celebraba en ese torneo era... que los hombres lobo habían desaparecido del valle.

Por lo menos, hasta ahora.

—Y una cosa que me ronda por la cabeza —dije—. Con la de personas que hay en este valle tan grande y tan bonito, ¿¡tengo que ser yo precisamente el que me enfrente al hombre lobo!?

—Pues sí —contestó Marcos—. La gente del valle no puede hacerlo.

–¿Y por qué?

–Muy sencillo –respondió–. Por la maldición.

–¿Otra vez con la maldición?

–Todos los habitantes de Basarri y Undain estamos malditos –explicó Marcos–. Ninguno podemos tocar la plata. ¡No verás ni un solo objeto de plata en todo el valle! ¡Ni uno! Lo único que hay por aquí de plata es precisamente esta bala, y no la podemos tocar. Por eso lleva cien años dentro de la esfera.

Cada cosa que decía era más rara que la anterior.

–¿No hay ningún objeto de plata en todo el valle? –pregunté.

–Los hombres lobo no pueden acercarse a la plata –explicó Marcos.

–Ya, ya –dije–. ¿Y...?

–Pues ya tienes la respuesta –dijo él, como si estuviera clarísimo.

Miré la esfera.

Volví a mirarle a él.

Me rasqué la cabeza.

–Perdona, pero sigo sin entenderlo –reconocí.

Marcos suspiró y dijo:

–Por las venas de todos los habitantes del valle... corre sangre de hombre lobo.

–¿¡De todos!? –exclamé, dando un paso atrás.

–Absolutamente todos –dijo–. Somos descendientes de hombres lobo.

—¿Los Lobo?

—Sí.

—¿Y las Ovejas?

—También.

—¿Todos los vecinos de Basarri?

—Exacto.

—¿Y todos los de Undain?

—¡Que sí! ¡Te lo estoy diciendo! ¡Todos sin excepción provenimos de los gizotso que habitaban este valle hace siglos! ¡Somos sus descendientes!

—¡Pero eso es muy fuerte! —dije.

—¡Pues claro que es muy fuerte! ¡Y muy peligroso! —exclamó él.

—Yo creía que eran leyendas, habladurías... —intenté decir.

Marcos negó con la cabeza, muy serio.

—Aunque sea en un pequeño porcentaje —recapituló—, todos los habitantes del valle... tenemos sangre de hombre lobo.

—¿¡Todos!?

—Hombres, mujeres, niños, ancianos... —aseguró—. Absolutamente todos.

—Por eso no podéis tocar la plata —dije yo.

—Efectivamente —concluyó—. Ya te lo he dicho: en este valle habitaron hace muchos siglos los últimos gizotso de los que se tiene noticia. Y tanto las Ovejas como los Lobos, y el resto de las familias, somos sus descendientes lejanos.

—Si todos descendéis de los hombres lobo, entonces... ¿a qué viene tanta rivalidad entre los dos pueblos? —pregunté.

—Eso no tiene nada que ver ahora —dijo pensativo—. Es una rivalidad por las tierras, y también por una vieja disputa de amor... Ya nadie recuerda muy bien por qué, pero nos llevamos fatal. ¡Abajo las Ovejas! ¡Aúpa los Lobos!

—Vale, vale —dije—. Otra cosa muy importante que me gustaría dejar clara: ¿todos sois... hombres lobo?

—No, no, no, eso no —respondió—. La maldición dice que solo uno se transformará en hombre lobo. Solo una persona en todo el valle se convertirá en un gizotso. El último de su especie.

—Ah, bueno. Si solo hay un hombre lobo —dije—, ya me quedo mucho más tranquilo.

—Sí, ¿verdad?

—¡Pues claro que no me quedo tranquilo! —exclamé—. Un hombre lobo es muy peligroso... Es... O sea... Dímelo directamente: ¿quién es el hombre lobo?

Él movió la cabeza como si no me lo quisiera decir.

—¿Un hombre? —pregunté.

—Podría ser.

—¿Una mujer?

—Tal vez.

—¿Un niño? ¿Una niña? ¿¡Quién!? ¡Dímelo ya, por favor!

¿Quién podría ser el hombre lobo del valle?

¿Marcos, el entrenador de los Lobos?

¿Marcos, el niño que tenía delante de mí ahora mismo?

¿El otro gemelo, el niño Felipe?

¿Nuestro propio entrenador?

¿O incluso Zumaia, la entrenadora de las Ovejas?

¿Podría existir un hombre lobo que se apellidase Oveja Oveja?

No tenía sentido.

Aunque, bien pensado, nada de aquello tenía sentido.

¿¡Quién podría ser!?

Qué nervios...

—Venga —insistí—, dime de quién se trata.

—No lo sé —contestó Marcos—. Te lo prometo. No sé quién es. Nadie lo sabe.

—¿Cómo es posible? —dije.

—Hasta que no se cumpla la maldición, ni él mismo lo sabrá —dijo—. Si los lobos ganamos el torneo, exactamente a medianoche, bajo la luna llena... ¡Entonces sabremos de quién se trata!

—O sea —dije yo—, ¿que podría ser cualquiera?

—Sí —respondió.

—¿¡Y lo dices así, tan tranquilo!? —exclamé—. Cualquiera de los que están ahí afuera podría ser un hombre lobo...

—O incluso yo mismo —me interrumpió.

—¡O incluso tú mismo! —repetí—. Mira, esto es demasiado para mí. Haz el favor de abrir la puerta ahora mismo, te lo suplico.

—Vale, pero antes promete que, si se cumple la maldición, mañana por la noche vendrás aquí, cogerás la bala de plata y acabarás con el hombre lobo.

–¿Cómo te voy a prometer una cosa así? –dije muy nervioso–. Además, que yo no tengo una pistola ni un rifle, ni sé disparar, ni nada de nada.

–No hace falta –aseguró Marcos–. Basta que acerques la bala de plata al corazón del hombre lobo... y acabarás con él.

–Si antes no me pega un bocado con sus colmillos –dije–, o me arranca la cabeza con sus garras.

–¡Lo ves! –dijo señalándome–. ¡Tú también crees que puede haber un hombre lobo en el valle!

–No, no, no, no –me defendí–. Yo no creo nada, no me líes.

–Tienes que hacerlo, Pakete de Soto Alto –dijo muy serio–. El futuro del valle y de la humanidad depende de ti.

Menuda frasecita.

Y menuda responsabilidad.

–¿Y no hay nadie más por ahí que pueda ocuparse? –pregunté.

–Eres el elegido –aseguró.

–¿Por qué? –pregunté.

–Después del entrenamiento de esta mañana –contestó–, vi cómo le paraste los pies con la manguera al chulito de tu equipo. Parece un gesto sencillo, pero en las cosas pequeñas es donde radica la verdadera valentía. En ese momento supe que tú eras el único que podía hacerlo.

–No, no, de verdad, es un error –supliqué–. No quiero enfrentarme a ningún gizotso. Te confieso que no soy tan valiente... De hecho, soy bastante miedoso. ¡Me dan miedo los hombres lobo! ¡Y la oscuridad! ¡Y muchas otras cosas! ¡Incluso me da miedo estar aquí ahora mismo! ¡Hay que buscar a otra persona para esta misión!

—El miedo es bueno —aseguró Marcos.

—¿Ah, sí?

—Pues sí —dijo él, convencido—. Solo los ignorantes o los tontos no tienen miedo.

Eso sí que no me lo esperaba.

Me quedé sin respuesta.

—Mañana a media noche —insistió Marcos—, cuando la luna llena brille en lo alto, tendrás que coger esta bala de plata y acabar con el último hombre lobo.

Sentí un sudor frío que me recorrió todo el cuerpo.

Sin decir nada más, Marcos dejó la esfera en la vitrina.

Abrió la puerta.

Atravesamos el túnel.

Y cada uno se fue en una dirección.

Él se marchó al vestuario con los suyos.

Y yo regresé corriendo a las gradas junto a mis compañeros.

Al verme llegar con las manos vacías, mi madre exclamó:

—Francisco, ¿¡se puede saber dónde te habías metido!? ¿Y mi té? ¿Y el de Esteban?

—Perdón, se me ha olvidado —dije sin prestar mucha atención.

—Vaya cabeza —suspiró mi madre.

—Estos niños, ya se sabe, siempre en las nubes. Ja, ja, ja, ja —añadió Esteban.

Yo seguía en shock.

Helena con hache se acercó a mí.

–Vaya cara tienes. Parece que hubieras visto un fantasma –me dijo–. O un hombre lobo.

–No hagas bromas con eso, por favor –le pedí.

–¿Estás bien? –me preguntó Helena.

–Fenomenal –respondí–. El destino del valle y de la humanidad depende de mí.

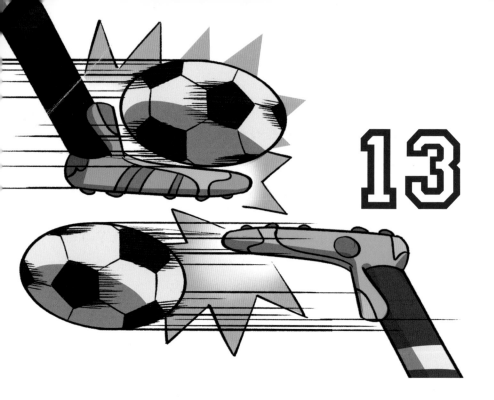

La segunda parte del partido fue muy parecida a la primera.

No había un dominador claro.

Los dos equipos corrían sin parar.

Arriba y abajo.

En cuanto tenían la mínima posibilidad, disparaban a portería.

Corrían y chutaban.

Desde cualquier posición.

La diferencia es que estaba vez sí marcaron gol.

Nada más empezar, Felipe Lobo remató de cabeza un pase de su hermano.

El balón entró directo en la portería.

¡Golazo!

En la grada, los espectadores de Basarri gritaron entusiasmados:

–¡Loooooooooooooooooobos!

–¡Auuuuuuuuuuuu! ¡Auuuuuuuuuuuuuu!

Pero la alegría les duró muy poco.

Un momento después, el delantero centro del Athletic disparó desde la esquina del área... ¡y golazo!

Inmediatamente, los seguidores que habían venido de Bilbao acompañando al equipo lo celebraron como locos:

–¡Athleeeeeeeeeeeeeetiiic! ¡Athleeeeeeeeetiiic!

El partido no paraba ni un segundo.

Sin embargo, yo no estaba muy atento al fútbol, la verdad.

Solo podía pensar en una cosa.

Cualquier niño del equipo de los Lobos o de las Ovejas...

¡Podía ser un hombre lobo!

¡O quizá los entrenadores!

¡O incluso los espectadores en la grada!

¡Todos eran descendientes de los gizotso que vivían en aquel valle!

Y al día siguiente por la noche...

¡Uno de ellos se transformaría en un licántropo!

El último hombre lobo de la historia de aquel valle.

¿Por qué me había contado todo eso Marcos precisamente a mí?

Aun suponiendo que esa leyenda fuera cierta y que no podían acercarse a la plata... ¡se lo podría haber dicho a otra persona!

Alguien más... valiente.

Yo no era el único que había venido de fuera del pueblo.

Estaban los del Athletic.

Aunque no los conocía, seguro que alguno habría más valiente y más preparado que yo para una misión así.

Y, por supuesto, estaban todos los que habían venido conmigo en el autobús.

Nuestro entrenador, descartado porque también era de Basarri.

Pero estaba mi madre.

La observé.

En ese momento estaba soplando de nuevo la vuvuzela con todas sus fuerzas.

¡Tuuuuuuuuuuuuuuuuuuuuuu!

A su lado se encontraba Esteban, que se había vuelto a poner la txapela y no dejaba de reírse y de animar al Soto Alto, a pesar de que no estábamos jugando:

—¡¡So-to Al-to ga-na-rá, ra-ra-ra!!

Una fila más arriba estaba Alicia, discutiendo con Felipe. Desde que habíamos llegado, no hacían otra cosa.

De acuerdo.

En estos instantes, tal vez ninguno de ellos tenía pinta de ser el más indicado para enfrentarse a un hombre lobo.

Y lo peor de todo: posiblemente no habrían creído a Marcos.

Pero mis compañeros sí.

Marilyn, la capitana.

O Helena con hache.

O Camuñas.

O incluso Toni, aunque a veces no me llevara muy bien con él.

Todos ellos eran más valientes que yo para una tarea así.

Si Marcos me había elegido por lo que yo había hecho con la manguera, estaba muy equivocado.

Era una cosa que había hecho sin pensar.

Por puro instinto.

Y porque no soporto las peleas.

Puffffffffffff...

¡Qué lío!

Yo no creía en hombres lobo.

Pero...

¿Y si Marcos tenía razón?

¿Y si al día siguiente, al anochecer, alguno de los presentes se transformaba en un hombre lobo?

Pensé que lo mejor sería contarle todo a mis compañeros.

Si al final teníamos que enfrentarnos con el gizotso, lo haríamos juntos.

Como siempre.

Mientras pensaba en todo eso, en el campo se sucedían los goles.

¡Golazo impresionante de Marcos de volea!

¡Golazo de una jugadora del Athletic de falta directa!

¡Golazo de Felipe a la salida de un córner!

¡Y otro golazo más, esta vez de un lateral del Athletic, de un fuerte chut!

Nadie regateaba.

Ni daba pases cortos.

Todo eran carreras y disparos a portería.

Estaban empatados a 3.

Y casi no quedaba tiempo, el partido estaba a punto de acabar.

Diez segundos y se llegaría al final.

Entonces, los dos gemelos aullaron:

¡Auuuuuuuuuuuuuuuuuuuuuuuuuuuuuu!

Como si fuera una señal.

El portero del Basarri sacó de un patadón.

La pelota voló hasta campo contrario.

Según caía, Felipe le arreó otra tremenda patada.

Igual que habían hecho por la mañana frente al caserío.

El balón voló de nuevo.

Y antes de que la defensa pudiera reaccionar...

¡Marcos la empalmó con el exterior del pie!

Fue un chut tremendo.

El disparo atravesó el aire.

Rebasó a los defensas y al guardameta del Athletic...

¡Y entró en la portería!

–¡Goooooooooooooooooooooool!

¡Había sido un golazo increíble, espectacular!

No había tiempo para más.

El padre Boni hizo sonar el silbato y pitó el final del partido.

¡¡¡Piiiiiiiiiiiiiiiiiiiiiiiiiiiiiiiiiiiiiiiiiiii!!!

Resultado final:

Basarri, 4; Athletic, 3.

Ni la gran historia del Athletic de Bilbao, ni sus múltiples trofeos, nada les había servido para detener a los Lobos.

Los habían eliminado en el último segundo.

Con un golazo inesperado.

Los gemelos recorrieron el campo haciendo lo que mejor sabían hacer.

¡Aullar!

El público, en pie, les aplaudía.

Y, por supuesto, también aullaban.

¡Auuuuuuuuuuuuuuuuuuuuuuuuuuuuuuuuuuuuu!

–Bueno, ya nos toca a nosotros –anunció Alicia.

–¡En marcha, equipo! –exclamó Felipe–. ¡Vamos a demostrarles a todos quiénes somos!

–¿Ya? –preguntó Tomeo, apurando un batido.

Mientras los Lobos de Basarri se retiraban entre aplausos y aullidos, las Ovejas de Undain entraron en el campo a calentar.

Nuestros rivales parecían tener muchas ganas de empezar el partido.

Bajamos al césped y nos preparamos.

–¡Vamos! ¡Vamos! ¡Vamos! –decía Felipe, que estaba muy nervioso.

Quería explicarles a mis compañeros lo que me había ocurrido durante el descanso.

Hablarles de la maldición y de la bala de plata.

Pero tendría que esperar hasta el final del partido.

Empezamos a calentar junto a una de las porterías.

–¡Ya sabéis: balones largos y disparos! –exclamó Felipe–. ¡No quiero nada de regates ni pases cortos ni tonterías! ¡Nos jugamos mucho!

–Deja de presionar a los chicos –pidió Alicia, acercándose a él.

–No les presiono –se defendió Felipe–. Solo les ayudo con unas indicaciones técnicas. ¡Para eso soy el entrenador, digo yo!

Ella negó con la cabeza, como si fuera un caso perdido.

–A ver si jugamos de una vez el partido y te relajas –murmuró Alicia.

Dimos unas carreras cortas y estiramos.

Al fondo vi a los jugadores del Athletic, que se retiraban hacia su autobús, cabizbajos.

Habían sufrido una derrota en el último instante, de las que más duelen.

Junto al banquillo, me di cuenta de que alguien me observaba fijamente.

Era Marcos Lobo, el número 10.

Estaba recogiendo sus cosas, y no me quitaba ojo.

Felipe, su hermano gemelo, pasó detrás de él.

Le susurró algo al oído.

Y los dos me miraron.

Levantaron ligeramente las barbillas al mismo tiempo y respiraron con profundidad, como si quisieran absorber todo el aire.

Esos ojos rasgados y azules, esa forma de moverse, de olisquear...

Ya sé que era imposible.

Pero a veces me parecía que eran dos pequeños lobos.

–¿Qué te traes entre manos con esos dos, espabilado? –me preguntó Toni.

Y me dio un pequeño empujón con el hombro.

–Yo nada –respondí–. Perdona por lo de la manguera de esta mañana, de verdad. Solo quería impedir la pelea.

–Eso ya lo has dicho, te repites –aseguró él.

–Pero... –intenté decir.

–Pero nada –me cortó Toni, y se dirigió hacia los gemelos–. ¿¡Y vosotros qué miráis, lobitos!? ¡Si queréis aprender algo de fútbol, quedaos a ver cómo nos merendamos a las Ovejas! ¡Y mañana, a vosotros en la final!

Marcos y Felipe sonrieron al escuchar aquello.

Por toda respuesta aullaron:

–¡Auuuuuuuuuuuuuuuuuuuuuuuuuuu!

Y salieron de allí rumbo a la cueva, quiero decir, a los vestuarios.

**14**

Los dos equipos estábamos listos para empezar el partido.

A un lado, de blanco, las Ovejas de Undain.

Al otro, de azul y negro, el Soto Alto.

Estábamos preparados.

Concentrados.

El árbitro, el padre Boni, hizo un gesto a los porteros de ambos equipos para asegurarse de que todo estaba correcto.

Felipe gritó:

–¡Venga, equipazo! ¡Vamos, vamos, vamos!

Zumaia también animó a los suyos:

–¡Aúpa Ovejas!

Helena puso el pie sobre el balón, dispuesta a sacar de centro.

Toni y yo la miramos.

Habíamos ensayado una jugada.

Tenía que salir a la primera.

Apretamos los dientes.

El árbitro se llevó el silbato a la boca.

Estaba a punto de pitar el inicio del partido.

Y en ese momento...

¡Beeeeeeeeeeeeeeeeeeee! ¡Beeeeeeeeeeeeee! ¡Beeeeeeeeeeeee!

Ocurrió algo totalmente inesperado.

¡Un rebaño de ovejas entró en el campo!

¡Docenas de ovejas!

¡Cientos de ovejas!

¡¡¡Ovejas de verdad!!!

La gente en las gradas empezó a reír y aplaudir.

–¡Beeeeeeeeeeeeeeeeeeeeeee!

–¡Beeeeeeeeeeeeeeeeeeeeeeeeeeeeeeeeeee!

–No os preocupéis –dijo Felipe desde la banda, moviendo los brazos–. Quieren despistarnos y que perdamos la concentración, es una táctica.

Toni y Marilyn y Helena y otros intentaron apartar las ovejas del campo, sin conseguirlo.

–¡Por favor, ya estamos con el numerito de las ovejas! –exclamó el padre Boni mirando a la entrenadora Zumaia.

Ella se encogió de hombros, haciéndose la inocente.

–¡Con las ovejas nunca se sabe! –respondió sonriendo.

Por la reacción de la gente, estaba claro que lo tenían preparado.

–Oveja bonita –dijo Tomeo persiguiendo a una–, ahora tienes que salir del campo...

Por supuesto, las ovejas no les hacían ni caso.

Corrían de un lado a otro.

¡Beeeeeeeeeeeeeeeeeeeeeeeeeee!

–No me muerdas, por favor –pidió Angustias, alejándose de una pequeña oveja que le seguía.

–Las ovejas no muerden –dijo Camuñas.

–Pues claro que muerden –replicó Anita–, pero solo si las asustas.

–¡Si el que está asustado soy yo! –aseguró Angustias, huyendo.

Entre todos los presentes, ayudaron a sacarlas de allí poco a poco.

Por si nunca habéis sacado un rebaño de ovejas de un campo de fútbol, os aseguro que no es fácil.

No sé cuánto tardaron exactamente, pero tiempo suficiente como para que mi madre y Esteban bajaran a hacerse unos cuantos selfies.

–¡Sonreíd, chicos! –dijo mi madre, disparando una ráfaga–. ¡Lo que se van a reír en el pueblo cuando les envíe estas fotos!

Felipe, el mismo que nos pedía calma, se desesperó más y más.

–¡Árbitro, esto merece una sanción! –protestó nuestro entrenador.

–Venga, hijo, no te lo tomes así tampoco. Ya sabes cómo son los de Undain –respondió–. Y, por favor, llámame Boni, que te conozco desde que eras un mocoso. Mira qué hermosas están las ovejas esta temporada...

–¡Aggggggggggggg! –exclamó Felipe, agarrándose de la barba como si quisiera arrancarse los pelos.

–Solo son unas inofensivas ovejas –dijo Alicia–. No pasa nada.

–¡Sí que pasa: nos gastan la novatada porque somos de fuera! –protestó Felipe, y se giró hacia la entrenadora rival–. ¡Sigo siendo de aquí, Zumaia, por si se te ha olvidado! ¡Soy un Lobo Lobo de pura cepa! Soy de Basarri, y a mí estas bromitas no, ¿eh? ¿¡Qué pasa!? Te parece muy gracioso, ¿verdad?

–Bastante –dijo ella.

Y le dio la espalda.

Unos minutos más tarde, el terreno de juego por fin quedó despejado de ovejas.

Ahora sí, de una vez por todas...

¡Empezó el partido!

Helena con hache sacó de centro.

Le pasó a Toni.

Toni me la dio a mí a toda prisa.

Yo retrocedí a Marilyn.

La cual, a su vez, le pasó a Camuñas.

–¡Voyyyyyyyyy! –gritó el portero.

Y le arreó un patadón a la pelota según venía.

Habíamos preparado esa jugada con Felipe.

Lo que no habíamos previsto es lo que pasó a continuación.

Camuñas pisó algo al darle a la pelota, y se pegó un tremendo resbalón...

¡Eran restos de caca que habían dejado las ovejas en el campo y se habían acumulado allí mismo!

El balón salió desviado...

¡Y le impactó a Tomeo en el culo!

¡Rebotó!

¡Y entró en nuestra portería!

Creo que nunca había visto una cosa igual.

Llevábamos cinco segundos de partido.

El equipo rival aún no había tocado el balón.

¡Y ya íbamos perdiendo!

El gol subió al marcador.

Undain, 1; Soto Alto, 0.

En la grada, la gente tardó en reaccionar.

No se lo podían creer.

—¡Es por culpa de las ovejas! —protestó Camuñas señalando a su alrededor. ¡La hierba está muy alta y no se ve nada! ¡Así no se puede jugar!

Tomeo se dolía del balonazo en el culo.

Los espectadores se pusieron en pie y todos a un tiempo berrearon:

—¡Beeeeeeeeeeeeeeeeeeeeeeeeeeeeee!

—¡Beeeeeeeeeeeeeeeeeeee!

—¡Beeeeeeeeeeee!

Aquello era una fiesta.

Se reían.

Y aplaudían.

Y celebraban el gol.

Y vitoreaban a los suyos:

¡¡¡Abre bien las orejas,
aquí están las ovejas!!!

–¡No pasa nada, Felipe! –exclamó la entrenadora del Undain, aguantándose la risa–. Después de tantos años sin pisar el pueblo, es normal que tengas un resbalón. Ja, ja, ja, ja, ja, ja, ja, ja, ja, ja, ja...

Nuestro entrenador estaba rojo de vergüenza.

Su hermano gemelo y el resto de la gente del pueblo le miraban desde la grada sin atreverse a decir nada.

Felipe se tapó la cara con las dos manos.

Y se sentó en el banquillo, desesperado.

Alicia trató de animarnos.

–¡Venga, equipo! –gritó–. ¡Esto no ha hecho más que empezar!

Mi madre sopló la vuvuzela.

¡Tuuuuuuuuuuuuuuuuuuuuuuuuuuuuuuu!

–¡Venga, equipo! –exclamó Esteban–. ¡Unas cacas de oveja no podrán con nosotros!

Tratamos de mantener la calma y nos preparamos para sacar de centro.

–¿Hacemos otra vez la jugada ensayada? –preguntó Toni.

–Yo creo que mejor cambiamos –propuso Marilyn.

–Ya te digo –aseguró Tomeo, alejándose.

–Por favor, a mí no me paséis –dijo Angustias–. Estoy muy nervioso.

Entre gritos, risas y balidos, volvimos a sacar.

Esta vez, Helena me pasó directamente a mí.

Yo avancé un par de metros con el balón controlado.

Enseguida salieron dos jugadores de las Ovejas a cubrirme.

Me escoré a la derecha, y luego a la izquierda, buscando alguien para pasarle.

–¡Sin regates! –exclamó Felipe, que se había vuelto a poner en pie–. ¡Juego directo! ¡Sin regates os he dicho!

—Que no estoy regateando... –traté de explicarme.

Pero antes de que pudiera reaccionar, la delantera centro de las Ovejas me pegó un empujón y me quitó la pelota.

—¡Falta, árbitro! –pedí.

—¡Carga legal! –aseguró–. ¡Y a la próxima protesta, tarjeta!

—Si casi me saca del campo del empujón –murmuré entre dientes.

La delantera dio un pase largo y el lateral remató a portería de cabeza.

Camuñas, que aún no se había repuesto del primer gol, no llegó a despejar.

El balón pasó por encima de él y...

Por unos centímetros, salió fuera rozando el poste.

—¡Huuuuuuuuuuuuuuuuuuuuyyyyyyyyy! —gritaron en la grada.

Casi nos meten el segundo.

Aquello no tenía buena pinta.

Estábamos totalmente desubicados.

Sin saber cómo reaccionar.

Y las Ovejas estaban en su salsa.

Corrían.

Nos empujaban.

Disparaban a portería desde cualquier posición.

Eran los absolutos dominadores del partido.

Nosotros simplemente intentábamos despejar como podíamos y jugar balones largos, como nos había pedido el entrenador.

Pero no estábamos acostumbrados.

Fuimos incapaces de hacer una sola jugada de peligro en toda la primera parte.

Las Ovejas, sin embargo, tuvieron varias ocasiones.

Podrían habernos goleado, la verdad.

Defendimos lo mejor que pudimos.

Corriendo y corriendo y corriendo.

Aun así, dispararon más de veinte veces a portería.

Muchos balones salieron fuera por muy poco.

Y Camuñas hizo alguna parada, las cosas como son.

Aquellos treinta minutos se me hicieron eternos.

No hacíamos más que correr detrás de los jugadores rivales, arriba y abajo, sin apenas tocar el balón.

Cuando escuché el pitido del padre Boni indicando el descanso, me dejé caer boca arriba sobre la hierba.

Para tratar de recuperar el resuello.

Estaba agotado.

Por un instante, pensé que en el fondo lo mejor sería que nos ganaran las Ovejas.

Tendrían más posibilidades de vencer a los Lobos que nosotros.

Y así evitar que al día siguiente se cumpliera la maldición.

Observé el cielo.

Cubierto de nubes.

Algo me llamó la atención.

En un extremo, el sol estaba empezando a ponerse.

Y en el otro se podía ver la luna.

¡El sol y la luna juntos en el cielo!

Era algo que ocurría muy pocas veces.

Aunque era de día, podía verse perfectamente.

La luna llena.

O casi.

Sobre nuestras cabezas.

Me dio la sensación de que dentro del contorno de la luna se podía distinguir una figura.

Algo parecido a... ¡un lobo!

Lo prometo.

Ya sé que no podía ser, pero allí estaba.

Seguramente se trataría de una nube.

Pero parecía un lobo.

Cerré los ojos con fuerza.

Al volver a abrirlos, había desaparecido.

–Volvamos a nuestro juego de siempre –propuso Alicia–. Esto de los balonazos no nos lleva a ninguna parte.

Estábamos todos en el interior del vestuario cueva.

Intentando recuperarnos tras una primera parte desastrosa y agotadora.

–Buena idea –dijo Toni–. Este estilo no es para nosotros.

–Eso –dijo Marilyn–. Volvamos a nuestro juego.

Todos parecían estar de acuerdo.

–¡Sí!

–¡Al estilo Soto Alto!

–¡Exacto!

Tomeo levantó la mano.

—Perdonad —dijo—, pero ¿cuál es nuestro estilo exactamente?

Por un momento, todos nos quedamos pensativos.

—Bueno, ya sabéis, nuestra forma de jugar —contestó Alicia—, lo que hacemos siempre.

No parecía una respuesta muy concreta.

Al ver nuestras miradas, Alicia intentó explicarse mejor:

—Jugar en equipo y todo eso y... a veces hacer pases... otras veces no tanto... Ah, y si hace falta un regate, pues también... sin abusar tampoco... o sea... un poco de esto y otro poco de aquello... Es un estilo muy... del Soto Alto.

Ni ella misma sabía lo que estaba diciendo.

—La verdad es que no tenemos un estilo de juego —sentenció Anita.

—Después de tantos partidos —dijo Ocho—, ¿nos damos cuenta ahora?

—¿¡Hemos estado jugando partidos y partidos sin ningún estilo de juego!? —preguntó Angustias, alarmado.

—Intentamos adaptarnos al rival —dijo Helena intentando ser positiva.

—Pues eso —dijo Tomeo—, que vamos siempre un poco al tuntún.

—Tenéis razón —admitió la propia entrenadora bajando la mirada—: resulta que no tenemos ningún estilo de juego, qué lástima.

—Qué desastre —murmuró Toni.

—¿Nos rendimos ya, por favor? —pidió Angustias.

—Eso —dijo Tomeo—, ¿y nos vamos a merendar?

—¿Otra vez? —preguntó Marilyn.

Felipe, que había permanecido en una esquina del vestuario, dio un paso al frente.

–¡No, no y no! –exclamó.

–¿Ah, no? –dijo Ocho.

–¿A qué te refieres exactamente? –preguntó Tomeo–. ¿Que no nos rendimos? ¿Que no tenemos un estilo de juego? ¿O que no nos vamos a merendar?

Felipe estaba poseído.

–¡Ahí fuera están riéndose de nosotros! –dijo el entrenador.

–De mí no –intervino Ocho–, que yo no me he movido del banquillo.

–De todos –dijo Felipe–. Pero sobre todo de mí. Estaban deseando verme fracasar, hacer el ridículo.

–¡Perder un partido contra las Ovejas no es hacer el ridículo! –dije yo–. Aunque lo de Camuñas y el resbalón ha sido bastante fuerte. Bueno, y que prácticamente no hemos tocado la pelota. Nos han pegado un repaso de escándalo... Bien pensado, retiro lo dicho: sí que estamos haciendo el ridículo.

–Desde que me fui del pueblo, no me lo ha perdonado –insistió Felipe–. ¡Se cree mejor que yo! ¡Como cuando éramos niños! ¡Toda la vida se ha creído mejor!

–¿Pero de quién hablas? –preguntó Camuñas.

–¿De Zumaia, tu novia? –preguntó Helena.

–Exnovia –matizó Alicia.

–¡No, no! ¡Hablo de mi hermano gemelo Marcos! –respondió Felipe, entre enfadado y triste–. ¡Siempre tiene que demostrar que es mejor que yo en todo! ¡En la liga se apuntaba mis goles para ganar el trofeo al máximo goleador!

–¿Y tú se lo permitías? –preguntó Helena.

–Más o menos –reconoció Felipe–. A mí me daba igual quedar segundo, y sabía que a él le hacía más ilusión ser el pichichi.

–Si es que en el fondo eres un buenazo –dijo Alicia acercándose a él.

–Tonto es lo que soy –dijo Felipe–. Pensaba que al volver aquí todo sería distinto, y que podría reconciliarme con mi hermano. Pero sigue igual. Quiere demostrar que es mejor que yo. Mejor entrenador. Mejor persona. Más simpático. Más guapo. ¡Mejor en todo!

–Más simpático sí que es –admitió Camuñas–, las cosas como son.

–Y más guapo –dijo Marilyn.

–¡Pero si son iguales! –soltó Angustias.

–Ya, pero el otro tiene un aspecto más... salvaje –insistió Marilyn–. Yo le veo más guapo.

–Yo también, la verdad –reconoció Anita.

–Si el gemelo de nuestro entrenador es más guapo, se dice y no pasa nada –aseguró Ocho.

–Y mejor entrenador también parece –dijo Tomeo–. Han eliminado al Athletic nada menos. ¿Qué pasa? Las cosas como son.

–Creo que me estoy mareando –dijo Felipe apoyándose en la pared.

–Dejadlo ya, chicos –pidió Alicia–, que se está poniendo fatal el pobre.

Alicia intentó animarle.

–No hagas caso –dijo la entrenadora–. Tú eres la mejor persona que he conocido en toda mi vida. Por eso me casé contigo.

Nos quedamos en silencio un instante.

–Venga, por favor –dijo Alicia–, ¿puedo hacer algo por ti?

Felipe negó con la cabeza. Parecía muy abatido.

–Bien pensado –contestó él–, quizá hay una cosilla que sí podríais hacer.

–Di lo que sea, vamos –le animó Alicia.

Felipe suspiró.

Retrocedió.

Nos miró a todos.

–Es una cosilla sin mucha importancia –dijo–. A lo mejor os viene mal... o no podéis... o no queréis...

–¡Dilo ya, entrenador! –pidió Helena con hache–. ¡Si está en nuestra mano, lo haremos! ¡Te lo prometo!

–¡Yo también! –dijo Marilyn.

–¡Y yo! –aseguró Camuñas.

Felipe cambió la expresión de su cara.

Se subió en un banquito de madera.

Y exclamó con fuerza:

–¡Lo que podéis hacer por mí es... ganar a las Ovejas! ¡Demostrarle a mi hermano y a Zumaia y a todos quiénes somos realmente! ¡Salid ahí fuera y jugad como el auténtico Soto Alto! ¡No tendremos estilo de juego, pero tenemos algo mucho más importante!

–¿Miedo? –preguntó Angustias.

–¿Hambre? –dijo Tomeo.

–¿Agotamiento? –pregunté yo.

–¡Lo que tenemos es espíritu de equipo! –respondió Felipe–. ¡Siempre juntos, siempre unidos frente a la adversidad, frente a los desafíos, frente a las ovejas! ¡Eso tenemos! Bueno, eso y... ¡el mejor lema del mundo!

–Ahí va con lo que sale ahora –murmuró Alicia.

–¡Aquí está el Soto Alto! –gritó Felipe.

Sin mucha convicción respondimos:

–Invencibles como el cobalto.

–Con más ganas, por favor –pidió el entrenador, y repitió–: ¡Aquí está el Soto Alto!

–¡Invencibles como el cobalto! –coreamos todos.

–¡Os quiero mucho! –exclamó Felipe–. ¡Sois lo mejor que me ha pasado en mi vida, de verdad! ¡Estoy muy emocionado! ¡En este pueblo es donde yo nací, ya lo sabéis! ¡Y donde aprendí a jugar al fútbol con mi hermano y el resto de la pandilla! ¡Y ahora estoy justamente en este campo con vosotros, que sois mi equipo!

Cada vez parecía más emocionado.

Nos señaló y añadió:

–Durante estos años juntos, os he enseñado todo lo que sé de este deporte: el compañerismo, la lucha, la emoción de compartir. ¡Salid ahí fuera y jugad al fútbol como vosotros sabéis! ¡Disfrutad! ¡Haced algo que no se esperen! Y ya puestos...

¡ganadles! ¡Y mañana ganad también a los Lobos! ¡¡¡Estoy muy orgulloso de vosotros!!!

–Muy bonito el discurso –dijo Alicia–. Hala, en marcha, que ya es la hora.

Felipe salió el primero del vestuario, dando palmadas y saltos.

–¡Vamos, vamos, vamos! ¡Se van a enterar esas Ovejas! Ya me habéis oído: ¡sorprendedles! –exclamó.

Los demás le seguimos por el pasillo.

Al fondo del túnel, en la penumbra, vi la puerta roja.

Ya sé que estábamos en mitad del partido.

Pero no podía quitarme de la cabeza la bala de plata.

En cuanto acabásemos, tendría que hablar con los demás.

Salimos al campo, dispuestos a jugar a tope en la segunda parte.

Antes de empezar, Camuñas nos llamó a todos al área.

Hicimos un corrillo.

–A ver –dijo Camuñas acercándose–, ¿a qué se refería Felipe con eso de que hagamos algo que no se esperen y que les sorprendamos? ¿Seguimos con los balonazos o no?

–Yo tampoco me he enterado muy bien –admitió Marilyn.

–Ni yo –reconoció Helena.

–Pues vaya plan –dijo Toni.

–¿Le preguntamos al entrenador? –propuso Tomeo.

–No, no, pobrecillo –dijo Angustias–. Está tan ilusionado... Miradle.

Efectivamente, Felipe por fin sonreía.

Estaba de pie, delante del banquillo, entusiasmado.

Subió los dos pulgares y nos sonrió.

Todos le imitamos, le devolvimos la sonrisa y el gesto.

–Entonces, ¿qué hacemos? –preguntó Tomeo.

–Pues no sé, algo que no se esperen ha dicho –recordó Marilyn.

–Ya, pero ¿el qué? –insistió Camuñas.

El padre Boni mostró el silbato y exclamó desde el centro del campo:

–¡Jugadores, a su puestos! ¡Ya!

Nos colocamos en nuestras posiciones.

Y comenzó la segunda parte.

¡Piiiiiiiiiiiiiiiiiiiiiiiiiiiiiiiiiiiiiiiiiiiiiiiiiiiiiiiii!

EL NÚMERO 8
DE LAS OVEJAS
SACA DE CENTRO.

16

LA DELANTERA RECIBE EL BALÓN.
SALGO CORRIENDO A POR ELLA.

TENGO QUE HACER ALGO
QUE NO SE ESPERE.

¡AUUUUUUU!

¿QUÉ HACES?
¡NO PUEDES AULLAR!
¡ESO LO HACEN LOS LOBOS
DE BASARRI!

¡SÍ QUE PUEDO!
¡PORQUE SOMOS EL EQUIPO
DE FELIPE LOBO LOBO!

¡Y AULLAMOS!
¡AUUUUUUUUUUUUUUUUU!

APROVECHO PARA ROBARLE EL BALÓN.

Y SALGO DISPARADO HACIA LA PORTERÍA.

¡POTENTE Y AL CENTRO!

EL PORTERO RECHAZA CON LOS PUÑOS.

LLEGA TONI, PERSEGUIDO POR UN DEFENSA, Y...

¡REMATA A PUERTA VACÍA!

¡GOLAZOOOOOO DEL SOTO ALTO!

¡AUUUUUUUUUUUUUUUU!

—¡Toma, toma, toma!

Felipe empezó a dar saltos de alegría en el banquillo.

Parecía que le iba a dar algo.

—¡Toma ya! ¡Este es mi equipo! —exclamó, y de nuevo miró a la entrenadora de las Ovejas—. ¿Dónde está el rebaño ahora, Zumaia? Se te han quitado las ganas de reír, ¿eh?

—No cantes victoria, cariño —respondió ella—. Ha sido un gol nada más.

—¡Un golazo es lo que ha sido! —replicó Alicia.

Y le dio un gran abrazo al entrenador para celebrarlo.

—¿Te ha llamado cariño? —le preguntó entre susurros.

–Ni idea, no me he fijado –contestó Felipe–. ¿Has visto qué fuerte? Todo el equipo aullando... ¡y el golazo de Toni, de impresión!

–Ya, ya, pero te ha llamado cariño –insistió Alicia.

En la grada, mi madre y Esteban se pasaban la vuvuzela el uno al otro y saltaban como locos.

¡Tuuuuuuuuuuuuuuuuuuuu!

    ¡¡¡Aquí está el Soto Alto,
    invencibles como el cobalto!!!

–No me quiero meter donde no me llaman –dijo Marcos, el gemelo de nuestro entrenador, sentado tranquilamente en la grada–, pero es un poco cutre vuestro lema, ¿no os parece?

Le ignoraron completamente y siguieron celebrando el gol.

Igual que nosotros en el campo.

Aún no nos podíamos creer que hubiéramos marcado.

–¡Epa, chavales, que el partido continúa! –nos advirtió el padre Boni.

–Sí, sí, ya vamos, señor árbitro –dijo Camuñas.

–¿Cómo se te ha ocurrido lo de los aullidos? –me preguntó Helena.

–Pues... no sé... –dije–. Había que hacer algo diferente y...

Y no me podía quitar de la cabeza la historia del último hombre lobo que me había contado Marcos.

Pero eso último no lo dije.

Tendría que hablar con mis compañeros en cuanto acabara el partido.

Estaba a punto de anochecer, así que encendieron los focos del campo.

Miré a la luna.

Enorme, casi llena.

En lo alto del cielo.

No había ninguna figura de un lobo ni nada parecido.

Seguramente habían sido imaginaciones mías.

De inmediato, el partido continuó.

A partir de ese momento, fue una auténtica locura.

Cada vez que tocábamos el balón, todo el público se ponía en pie y gritaba:

—¡Beeeeeeeeeeeeeeeeeeee! ¡Beeeeeeeeeeeeeeeeeeeeeee!

Y cuando lo tenían ellos, mi madre, Esteban, nuestros dos entrenadores y nosotros mismos nos poníamos a aullar:

—¡Auuuuuuuuuuuuuuuuuuuuuuuuuuuuuuu!

La cosa fue muy distinta que en la primera parte.

Ahora ya no dominaban las Ovejas.

Los dos equipos corríamos y gritábamos y aullábamos.

Tal vez el cambio había sido por el discurso de Felipe.

O por mis aullidos.

O por el gol de Toni.

Pero, desde luego, jugamos mucho mejor.

Con más ganas.

Con más fuerza.

Empezamos a creer en nuestras posibilidades.

No había ocasiones claras en ninguna de las dos porterías.

Pero fue el partido más agotador que yo recuerde.

Entre la hierba tan alta.

Y el juego tan físico de los dos equipos, con carreras y empujones y gritos...

¡Era agotador!

Venga a correr.

Arriba y abajo.

Una y otra vez.

Yo miraba a mis compañeros.

Y tratábamos de aullar.

Aunque cada vez nos costaba más.

—¡Auuuuuuuuuuuuuuuuu!

A medida que avanzaba el partido, los aullidos y las carreras cada vez eran más flojos.

Además, nadie conseguía meter gol.

Ni ellos.

Ni nosotros.

El campo parecía cada vez más grande.

Marilyn lo intentaba por su banda izquierda. La capitana fue la que más corrió durante todo el partido, no paró ni un instante.

Helena trataba de controlar el balón y nos mandó unos cuantos pases largos a Toni y a mí.

Pero nada.

No hubo forma.

Estábamos reventados.

Apenas quedaban unos pocos minutos para terminar.

–¡Cambio, por favor! –pidió Tomeo resoplando–. ¡No puedo más!

Ocho entró en su lugar.

Y nada más hacerlo, ocurrió.

Zumaia levantó las dos manos y gritó:

–Aldaketa!

Que por lo visto quiere decir «cambio» en euskera.

Pero no fue un cambio normal.

De un jugador o dos.

Nada de eso.

De pronto entraron en el terreno de juego...

¡Siete jugadores nuevos de las Ovejas!

¡Todo el equipo al completo!

Cuatro niños y tres niñas que habían estado en el banquillo durante el partido.

–¿Se pueden hacer tantos cambios de golpe? –preguntó Alicia, atónita.

Nadie se molestó en contestarle.

Estaba claro que sí se podía, porque el padre Boni hizo un gesto con la mano y el partido continuó.

El videomarcador esférico marcó el tiempo: solo quedaban dos minutos.

Nada más pisar el campo, los nuevos jugadores de las Ovejas... ¡cogieron el balón y empezaron a correr a toda velocidad!

Pasaron a nuestro lado sin que pudiéramos detenerlos.

Estaban frescos.

Y nosotros estábamos agotados.

—Es uno de los puntos débiles del Soto Alto —dijo el director del colegio—. En el futuro necesitamos más suplentes en el equipo.

—¡Calla y sopla! —le ordenó mi madre.

De nuevo tocaron la vuvuzela.

¡Tuuuuuuuuuuuuuuuuuuuuuuuuuuuuuuu!

Esta vez, nadie le prestó atención.

Las Ovejas atacaban y disparaban una y otra vez.

Como si el partido acabara de empezar.

Aunque casi no quedaba tiempo.

Camuñas despejó un par de balones con los puños.

Marilyn corría a tapar todos los huecos.

Los demás también intentábamos defender, pero no llegábamos a tiempo, estábamos reventados.

En el marcador se encendió una llamada luminosa:

ÚLTIMO MINUTO

Como si hubieran oído una llamada del más allá, las Ovejas se lanzaron de nuevo al ataque, con más ganas si cabe.

Dispuestos a acabar el partido antes de llegar a la prórroga.

Los seis jugadores de campo de las Ovejas abrieron la boca al mismo tiempo:

–¡Beeeeeeeeeeeeeeeeeeeeeeeeeeeeeeeeeeeeeeeeee!

Y avanzaron hacia nuestra portería en tromba.

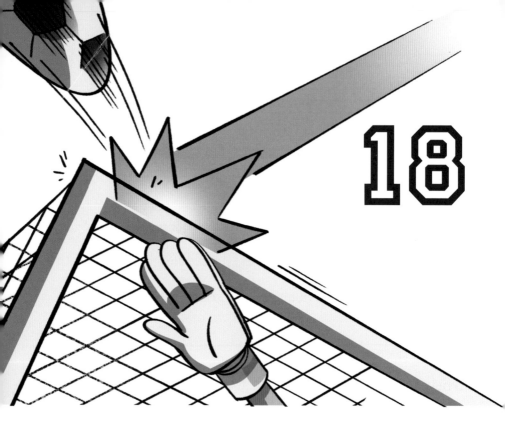

Vestidos de blanco.

Sobre aquella hierba tan alta.

Con la luna al fondo.

¡Las Ovejas corrían y se pasaban el balón al primer toque!

¡Imparables!

Un pase.

Otro pase.

Y otro.

Y otro más.

Antes de que pudiéramos reaccionar...

¡El delantero, el número 22, se plantó solo en el interior de nuestra área!

El único que aguantó en defensa fue Ocho, que intentó taparle el disparo a pesar de su baja estatura.

El 22 se lo quitó de encima de un empujón con el hombro.

Y sin pensarlo...

¡Chutó!

¡Vaya que si chutó!

El disparo salió directo hacia la portería.

Camuñas se estiró, pero apenas pudo rozarlo con los dedos.

Y...

¡CATACLONC!

El balón se estrelló en el larguero, que se quedó temblando.

Y salió fuera.

¡Fiuuuuuuuuuuuuuuuuu!

No habían marcado por muy poco.

El padre Boni señaló córner a su favor.

Estábamos totalmente acogotados, sin saber cómo reaccionar, sin fuerzas apenas.

Además, ellos habían renovado el equipo completamente: estaban en su campo, con el público a favor y con todos los jugadores frescos.

¡Y, por si fuera poco, eran mucho más altos y más grandes que nosotros!

—¡Cambio, árbitro! —exclamó Alicia desde la banda.

Y ordenó a Anita que saliera en lugar de... Marilyn.

—¡Pero si Anita es portera! —protestó Felipe—. ¡Y Marilyn es la que más corre, y la capitana, y...!

—Y no puede ni moverse —explicó Alicia señalando a Marilyn, que se había pasado todo el partido corriendo sin parar ni un segundo—. ¡Somos un equipo! ¡Aquí todos iguales, tú mismo lo dijiste!

Marilyn salió y le dio el brazalete de capitana a Anita.

—A por ellos, empollona —le dijo.

—Gracias, jefa —contestó Anita, que parecía tan asustada como nosotros.

Una jugadora de las Ovejas se dispuso a lanzar el córner.

Solo quedaban unos segundos, era la última jugada del partido.

El público entero se puso en pie gritando:

    ¡Abre bien las orejas,
    aquí están las ovejas!

Y:

—¡Beeeeeeeeeeeeeeeeeeeeeeeeeeeeeeeeeeeeeeeeeeeeeee!

Era un ruido ensordecedor.

—¿Dónde me coloco? ¿A quién cubro? —preguntó Anita intentando correr hacia el área para defender.

Pero no le dio tiempo a llegar.

El padre Boni levantó el brazo para que sacaran el córner.

Zumaia pegó tres gritos cortos desde el banquillo:

—¡Be! ¡Bee! ¡Beee!

No era un saludo.

¡Estaba marcando una jugada ensayada!

Los cinco jugadores de las Ovejas que estaban dentro del área eran mucho más altos que nosotros y se disponían a rematar de cabeza.

Al escuchar aquello, sin embargo, retrocedieron al mismo tiempo hacia la frontal.

La jugadora ejecutó rápidamente el saque de esquina.

En lugar de sacar hacia el punto de penalti o al interior del área pequeña... le dio de rosca, muy abierto, y el balón voló más lejos: justo a la frontal del área, donde aguardaban las Ovejas, preparados para rematar.

Lo tenían perfectamente ensayado.

Al haber retrocedido de golpe, los cinco se prepararon para rematar casi sin oposición.

–Les van a fusilar –musitó Marilyn desde el banquillo.

–Va a ser una masacre –corroboró Tomeo tapándose los ojos.

El balón cayó y el jugador más grande de las Ovejas, el número 22, se dispuso a golpearlo directamente de volea.

Estaba solo para rematar a placer.

Pero...

Alguien muy pequeño, que había pasado desapercibido y en el que nadie se había fijado, le quitó el balón en el último instante.

¡Y se llevó la pelota con la cabeza!

–¡Mío! –gritó.

¡Era Ocho!

¡Le había robado el balón!

—Eso por el empujón de antes —soltó Ocho mientras salía corriendo con la pelota en los pies.

Para el que no lo sepa, Ocho lleva el número 8 en la camiseta, pero sobre todo le llamamos así porque es tan bajito... que parece un niño de ocho años.

—¡Corre, corre, corre! —gritó Felipe.

—¡Pasa a Anita! —gritó Alicia.

Anita era la única que no había bajado a defender, no le había dado tiempo.

Ocho le dio al balón con todas sus fuerzas.

Anita la controló con el pecho y siguió corriendo.

–¡Soy portera y no sé jugar con los pies! –exclamó.

–¡Claro que sabes! –soltó Alicia desde el banquillo, animándola–. ¡Lo hemos entrenado un millón de veces!

–¿Ah, sí? –dijo ella–. ¡Pues no me acuerdo!

Anita siguió adelante y cruzó el campo con el balón trabándose entre la hierba.

Directa hacia la portería de las Ovejas.

Era un contraataque totalmente inesperado.

¡Los dos suplentes del equipo: Anita y Ocho!

¡Iban lanzados!

En el videomarcador empezó la cuenta atrás de los últimos segundos:

10...

9...

8...

El portero de las Ovejas salió a tapar los espacios.

Pero estaba solo.

Anita se la pasó a Ocho lo mejor que pudo.

Él se la devolvió de cabeza al primer toque.

Ya estaban dentro del área.

7...

6...

5...

El silencio en todo el campo era absoluto.

Nadie se movía.

Nadie respiraba siquiera.

Anita controló el balón a duras penas y levantó la vista.

Sabía que era nuestra última oportunidad.

Si no marcaba y había prórroga, nos pasarían por encima.

4...

3...

2...

El portero de las Ovejas movía los brazos intentando despistarla.

Anita cerró los ojos.

¡Y disparó con el empeine!

¡Le dio con todas sus fuerzas!

El balón salió raso dando botes, atravesando la hierba a trompicones.

El guardameta se dejó caer para despejarla con el cuerpo.

Pero el balón rebotó una vez más en la hierba...

1...

Y...

¡La pelota pasó por encima del portero!

¡¡¡Y entró en la portería!!!

Anita abrió los ojos y levantó los brazos en señal de victoria.

–¡Gooooooooooooooooooooooooooooooooooooool!

¡Golazo de Anita!

¡La portera suplente!

–¡Así se hace, hija! –exclamó mi madre aplaudiendo.

Por supuesto, Esteban hizo sonar la vuvuzela.

¡Tuuuuuuuuuuuuuuuuuuuuuuuuuuuuuuu!

Alicia y Felipe también lo celebraron chocando las palmas y abrazándose.

–¡Enhorabuena, Anita!

–¡Eres la mejor!

¡Había sido impresionante!

Y en el último segundo del partido.

–¡El primer gol de mi vida! –exclamó Anita, que aún no se lo podía creer–. ¡Se lo dedico a todas las niñas a las que llaman empollonas! ¡Y también a todas las porteras suplentes del mundo!

Helena con hache llegó corriendo a su lado y se tiró encima, loca de contenta.

–¡Menudo remate! –exclamó–. ¡Bravaaaaaaaa!

Inmediatamente, el resto llegamos a su lado y cogimos a Anita en volandas.

Empezamos a lanzarla por los aires entre todos.

–¡Viva Anita superstar! –gritó Marilyn.

–¡Vivaaaaaaaaaaaaa! –respondimos todos.

Y, por supuesto, coreamos:

> ¡Aquí está el Soto Alto,
> invencibles como el cobalto!

Fue un momento muy emocionante.

El padre Boni pitó el final del partido.

Y el resultado definitivo subió al marcador esférico:

Undain, 1; Soto Alto, 2.

¡Habíamos ganado!

¡Y nos habíamos clasificado para la final del torneo!

Lo cual, bien pensado, no sé si era bueno o malo.

Me aparté un poco del corro y me fijé en Marcos y Felipe, los dos gemelos, que estaban junto a sus compañeros de equipo.

Nos observaban muy serios desde la puerta de los vestuarios.

Su entrenador hizo un gesto desde la grada y se fueron todos detrás de él.

Me pareció un poco raro que Marcos no bajara a felicitar a nuestro entrenador por el triunfo que habíamos logrado.

Era evidente que el pique entre los dos hermanos seguía más vivo que nunca.

Y más ahora que se iban a enfrentar en la final.

Un poco más allá, junto a los banquillos, Zumaia sí saludó a Felipe.

Detrás de ellos se podía ver la figura de madera de san Bonifacio Ertxundi, con su prominente barriga y su txapela, como si los estuviera vigilando.

–Enhorabuena por la victoria –dijo Zumaia estrechando su mano.

–Gracias –respondió él.

–Ha sido una labor de todo el equipo –intervino Alicia, acercándose–. Vosotros habéis jugado muy bien. Pero al final hemos ganado gracias a los suplentes, así es el fútbol.

Zumaia asintió y dijo muy seria:

–Por el bien de todos, espero que mañana por la noche también ganéis el partido contra los Lobos. El valle entero depende de vosotros. ¡Que el santo os acompañe!

Y, según se alejaba, una vez más susurró:

–Gizotso.

Felipe no respondió.

Se mantuvo con el semblante serio en todo momento.

Él sabía perfectamente lo importante que era el partido del día siguiente.

Estaba en juego el Torneo de la Luna Llena.

Y también...

La maldición del último hombre lobo.

**19**

Tenía que hablar con mis compañeros.

Explicarles de una vez todos los detalles de la maldición.

Y lo de la bala de plata que había dentro del trofeo de la Luna Llena.

Y todo lo que me había contado Marcos.

Necesitaba ayuda.

Pero antes de que pudiera dirigirme a ellos, Esteban exclamó:

–¡Al museo Guggenheim!

–¿Ahora? –preguntó Toni, incrédulo.

–¡Ahora mismo! –respondió mi madre.

–Pero estamos agotados y es muy tarde –explicó Tomeo.

–Y tenemos que reponer fuerzas para el partido de mañana –aseguró Marilyn.

–Ya, bueno –dijo Esteban rascándose la cabeza–. Para ser sincero, no pensaba que fuéramos a ganar el partido.

–Por eso sacamos las entradas para esta tarde-noche, je, je –dijo mi madre encogiéndose de hombros.

–Lo entiendo perfectamente –dijo Angustias–. Yo tampoco creía que fuéramos a ganar ni de casualidad, con perdón.

–Hay tiempo para todo: la final es mañana por la noche –dijo Alicia, que apareció a nuestro lado–. Hay tiempo para ir al museo, para descansar, para preparar el partido y para todo.

–¡Cultura y fútbol en el mismo día, lo mejor del mundo! –exclamó Anita, que parecía feliz.

–¡Oé, oé, oé! –exclamaron mi madre y Esteban–. ¡Fútbol y cultura! ¡Partidos y tractores! ¡Bosques y quesos! ¡Lobos y ovejas!

Estaban desatados.

–¡Y una buena cena! –añadió Tomeo, relamiéndose–. ¡Con queso y con pimientos y con esos chuletones que he visto este mediodía!

A pesar del agotamiento, había un ambiente de euforia.

No era para menos, después de eliminar a las Ovejas en el último microsegundo.

–¡Hala, todos al museo! –dijo el director del colegio.

–El Guggenheim es uno de los museos más innovadores del mundo –dijo Anita–. Lo diseñó un arquitecto muy importante: Frank O. Gehry.

–No te vengas arriba, empollona –dijo Toni–. Aunque hayas marcado un golito de churro, no es para tanto.

–¿Qué pasa, máximo goleador del equipo? –respondió ella sonriendo–. ¿Te molesta no haber metido el gol decisivo?

–Ni mucho menos –dijo Toni, sobrado–. Al fin y al cabo, yo inicié la remontada metiendo el primero.

–Tras un remate impresionante de Pakete –recordó Helena.

–Ya, ya, pero el que lo metí fui yo –insistió él.

–Ha sido una labor del equipo al completo –dijo Marilyn–. Y todo empezó con los aullidos de Pakete.

–¡Eso fue genial! –reconoció Camuñas.

–Se me ocurrió de repente –admití.

–Y no nos olvidemos del jugadón de Ocho –dijo Helena–. ¡Qué manera de robarle el balón al delantero!

–Ventajas de ser bajito –dijo Ocho–. Bueno, bueno, y Marilyn corría tanto que me daba flato solo de verla. Eso también ha sido impresionante.

–¡Y mis paradas, que han sido decisivas! –recordó Camuñas.

–¡Y los pases de Helena! –dijo la propia Marilyn.

–Aunque no lo parezca, yo también he contribuido a la victoria –dijo Angustias.

Todos le miramos sorprendidos.

Toni y Anita habían marcado.

Helena había distribuido el juego.

Ocho había robado el balón clave.

Marilyn había corrido más que nadie.

Camuñas había hecho grandes paradas.

Yo había tenido la idea de los aullidos y había hecho la jugada del primer gol.

Incluso Tomeo había despejado algunos balones.

Pero... ¿Angustias?

La verdad es que costaba decir qué había hecho durante el partido.

–Perdona que te lo pregunte abiertamente –dijo Camuñas–. Pero... exactamente, ¿qué has aportado a la victoria?

–Pues lo más importante –respondió él–. ¡No llorar de miedo! ¡Ni quejarme demasiado! ¿Os parece poco? Imaginad que me pongo a llorar en mitad del terreno de juego cuando nos estaban arrasando... Que he estado a punto... Eso sí que habría sido un desastre.

—En eso lleva razón —admitió Marilyn.

—Gracias por no llorar —dijo Tomeo dándole un abrazo.

—De nada —contestó Angustias—. Lo mío me ha costado.

—¡Lo habéis hecho todos superbién, de verdad! —nos cortó Alicia—. ¡Desde el primero al último! ¡Estoy muy orgullosa!

—Ejem, por supuesto, los importantes sois vosotros como jugadores —dijo Felipe mirándonos—, pero creo que mi discurso motivador en el vestuario también ayudó bastante.

—Que síííííííííí, tontorrón —le dijo Alicia.

Y le plantó otro beso.

—Has demostrado a tu hermano y a todo el pueblo que eres un gran entrenador —aseguró la entrenadora.

—No te creas —respondió él, rascándose la barba—. Ya les he oído rumorear que hemos tenido suerte y que hemos ganado de chiripa. Ah, y aún se están riendo con el resbalón de Camuñas... Si no vencemos mañana en la final, no habrá servido para nada.

—Pero qué negativo eres, muchacho —dijo mi madre—. Levanta ese ánimo, por favor te lo pido. Hemos ganado a las Ovejas. Hemos comprado unos souvenirs y unos quesos maravillosos, hemos subido en tractor. ¡Yo creo que ha sido uno de los mejores días de mi vida!

—Y de remate, vamos a ver el museo ese tan bonito —recordó Esteban, mirando el reloj—. Venga, que si no nos damos prisa, al final nos cierran.

Salimos a toda prisa del campo y subimos al Pegaso 5000, que estaba aparcado justo delante.

Nos pusimos en marcha, por la carretera, rumbo a Bilbao.

Felipe, al volante, no parecía muy contento.

A pesar de la victoria, el entrenador seguía con el ceño fruncido.

Tal vez la presión de su hermano y de la gente del pueblo era demasiado grande.

O tal vez él también sabía lo que podría pasar la noche siguiente si no ganábamos.

—Una pregunta quería haceros —dijo Esteban, girándose desde su asiento—. Es que me estoy haciendo un poco de lío con este asunto. ¿Cuál es el lema definitivo del Soto Alto? Mañana, en el partido, ¿cuál tenemos que corear?

—Huy, esa pregunta tiene mucha miga —contestó Tomeo.

—Nuestro lema de siempre —dijo Camuñas— es: «¡So-to Al-to ga-na-rá, ra-ra-ra!

—Simple pero efectivo —sentenció Marilyn.

—Después, Felipe tuvo la idea del cobalto —dijo Ocho.

—¡Aquí está el Soto Alto, invencibles como el cobalto! —coreó mi madre.

—Ridículo pero muy pegadizo —dijo Anita.

—Y os recuerdo —intervino Helena— que Alicia también propuso un lema maravilloso que resume muy bien lo que somos: «¡Querer ganar, saber perder!».

—Yo de ese ya me había olvidado —admitió Toni.

—Yo voto por el cobalto —dijo Ocho—. ¡Me encanta!

—¡Y a mí! —reconoció Esteban.

—Pues bien pensado —dijo Alicia—, yo propongo que tengamos... ¡tres lemas!

—¡Dos entrenadores y tres lemas! —exclamó Camuñas—. ¡Mola!

—¡Ya te digo! —aseguró Tomeo.

—No seremos el mejor equipo del mundo —dijo Ocho—, pero tenemos más entrenadores y lemas que nadie.

Entre risas y propuestas de cuál era el mejor lema, el autobús cruzó el bosque.

Después salió a la autovía.

Y por fin entramos en Bilbao capital.

—Vamos con el tiempo un poco justo —recordó Esteban—. A las ocho cierran, no nos va a dar tiempo a ver todo el museo.

—Por lo menos, el exterior y las salas principales —dijo mi madre.

–Y no nos olvidemos de la cena –insistió Tomeo.

–Que sí, que ya lo sabemos –contestó Marilyn.

–Si yo lo digo por vosotros –dijo Tomeo–, que luego me pega el bajón de azúcar y a ver cómo me reanimáis...

Miré por la ventanilla del autobús.

Entre un enjambre de luces se adivinaba el río Nervión, atravesando la ciudad.

–¿Te pasa algo? –me preguntó mi amigo Camuñas, asomando la cabeza desde el asiento delantero.

Le miré.

Y pensé:

«Me pasan muchas cosas».

«Que si no ganamos mañana por la noche, alguien del valle se convertirá en un gizotso, o sea, en un hombre lobo».

«Que el trofeo de la Luna Llena tiene en su interior una bala de plata auténtica».

«Que si se cumple la maldición, la única forma de parar al hombre lobo es acercar esa bala de plata al corazón del bicho».

«Y lo peor de todo: ¡que me han encargado a mí la misión de acabar con el hombre lobo! ¡Precisamente a mí!».

Miré desesperado a mi amigo Camuñas.

Abrí la boca y dije lo único que podía decir:

–Reunión urgente y secreta de los Futbolísimos. Hoy a medianoche. Pásalo.

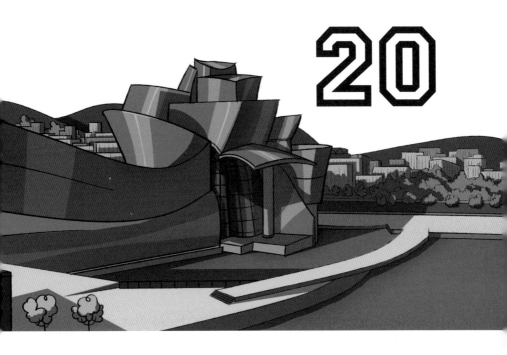

**20**

El museo Guggenheim de arte contemporáneo era impresionante.

Nunca había visto un edificio así.

Era muy... retorcido.

Estaba justo delante del río Nervión.

Todo el edificio lo habían construido con grandísimas planchas de titanio que reflejaban la luz.

Mezcladas con otras planchas de piedra que eran... curvilíneas.

Tenía forma de barco.

O de castillo.

O de fortaleza.

Según se mirase.

Tal y como había explicado Anita, al parecer lo había diseñado un arquitecto de Canadá muy importante: Frank O. Gehry.

Lo que más me llamó la atención nada más llegar fue un perro gigantesco, de doce metros de altura, cubierto de flores de colores.

–¡Mola el perro! –exclamó Tomeo.

–Es un terrier blanco y se llama Puppy –explicó Anita señalando la enorme figura que teníamos delante–. Siempre lo recubren con un manto de flores, llueva o haga sol.

–Es un perro guardián –añadió Camuñas.

–Al menos no es un lobo –suspiró Angustias.

Nos colocamos todos delante de la estatua del perro para hacernos una foto.

Allí estábamos los nueve futbolísimos, mi madre, el director del colegio y los dos entrenadores.

–Qué pena que no haya podido venir tu padre –se lamentó mi madre–, con lo que le gustan los museos y los perros.

–Y los selfies –dije.

–¡Eso! –exclamó mi madre, preparando su móvil–. ¡Venga, juntaos todos, que no entramos en la foto!

–Ay, Juana –dijo Esteban–, tienes que comprarte un palo de esos para los selfies.

–Qué palo ni qué palo –aseguró ella–. Yo soy de brazos largos. ¡Todos juntitos he dicho!

Clic.

Clic.

Clic.

Y cataclic.

Nos hicimos un millón de fotos aproximadamente.

En todas salimos los trece apretadísimos.

Del perro del Guggenheim, ni rastro en las imágenes.

Bueno, si te fijabas bien, detrás de nosotros aparecían unas cuantas flores de colores al fondo...

¡Ese era Puppy!

Una vez dentro del museo, cruzamos el vestíbulo principal.

Era impresionante.

Las salas eran muy grandes, con techos altísimos.

La mayoría de los muros y las columnas eran inmensos y también tenían forma curva.

Había distintas exposiciones de cuadros, estatuas, grabados y otras cosas.

Visitamos algunas galerías superchulas.

Un guía nos iba explicando muchas curiosidades de las pinturas y las fotografías que había en las paredes.

Aunque, como habíamos llegado tan tarde, íbamos un poco deprisa y no daba tiempo a fijarse bien en todo.

A mí lo que más me gustó fue el museo en sí.

El edificio.

Por dentro y por fuera.

Todo fue genial hasta que, al entrar en una de las galerías, Marilyn pasó a mi lado y me dijo en voz baja:

—Reunión de los Futbolísimos. A medianoche en el prado. Pasa la voz.

La miré sorprendido.

—Pero si soy yo quien ha convocado la reunión urgente —protesté—, y no he dicho nada del prado.

—A lo mejor es otra reunión de los Futbolísimos —dijo la capitana encogiéndose de hombros.

—¿¡Otra!? —pregunté—. ¿Quién la convoca?

—No lo sé —respondió Marilyn—. A mí me lo ha dicho Ocho. Y a él, creo que Anita. No sé quién ha convocado la reunión. Pásalo.

El pacto de los Futbolísimos es un pacto secreto que hemos hecho nosotros nueve.

No lo puede saber nadie más.

Nadie que no sea del equipo.

Ni mucho menos ningún adulto.

El pacto lo hicimos una vez en que el equipo de fútbol estuvo a punto de desaparecer.

Prometimos permanecer siempre unidos y ayudarnos los unos a los otros, pasara lo que pasara.

Desde entonces nos hemos ayudado muchas veces.

Y hemos resuelto un montón de misterios.

Yo había convocado el pacto esa noche para contarles todo lo del hombre lobo y la maldición y la bala de plata.

Sin embargo, alguien más había convocado una reunión extraordinaria a la misma hora.

Pasé cerca de Helena y le pregunté disimuladamente:

–¿Sabes quién ha convocado otra reunión de los Futbolísimos para esta noche?

–Yo creo que reunión solo hay una –susurró ella–. A mí me lo ha dicho Tomeo.

–Y a mí Angustias –dijo el defensa central.

–Si la reunión la he convocado yo, ¿por qué dice Marilyn que es en el prado? –pregunté–. Yo había pensado que nos reuniésemos en la habitación del caserío donde dormimos todos. Así no hay que moverse. Y nadie se dará cuenta.

–Buena idea –dijo Angustias, acercándose–. La reunión en la cama, sin movernos. Que siempre tenéis la manía de salir por ahí en plena noche...

–Lo del prado fue una aportación mía –reconoció Camuñas.

–¡Pero si yo no te dije nada del prado! –insistí.

–Ya, pero así es más emocionante –dijo él–. Y a lo mejor encontramos al hombre lobo...

–Eso es mañana, con la luna llena –recordó Anita.

–Ah, es verdad –dijo Camuñas–. Bueno, pero el prado y el bosque molan, y así nos escapamos del caserío.

–¿Por qué quieres escaparte? –preguntó Ocho.

–No lo sé –reconoció Camuñas–, es un poco la costumbre de los Futbolísimos.

–Yo no quiero escaparme a medianoche a ninguna parte –advirtió Angustias–. ¡La reunión es en el caserío o no voy!

–Tiene razón Angustias –dije–. Para una vez que dormimos todos juntos, no hace falta ir a ninguna parte.

–Ya está el cobarde –intervino Toni mirándome–. ¿Te da miedo salir por la noche al prado?

–No me da miedo –respondí–. Bueno, a lo mejor un poco sí, pero ese no es el tema. Es absurdo que, si estamos todos juntos, tengamos que irnos a otra parte para reunirnos.

–Excusas –insistió Toni–. Te mueres de miedo solo de pensar en cruzar el prado y el bosque en plena noche. Eres un cobarde. Lo he dicho esta mañana y lo repito ahora: cobarde.

–Ya está bien –le cortó Helena con hache–. Es muy feo que hables así a un compañero.

–Además, que ser miedoso tiene sus ventajas –dijo Angustias–. Os lo digo por experiencia.

Miré a Toni fijamente.

No sabía muy bien qué responderle.

Últimamente me repetía mucho eso de que yo era un miedoso y un cobarde.

Puede que tuviera razón.

No lo sé.

Estaba hecho un lío.

–Tienen que defenderte Helena y Angustias –me dijo Toni sonriendo y negando con la cabeza–. Qué pena.

Empecé a enfadarme mucho.

Toni era un chulito.

Se merecía que le diera un buen corte.

O que le pegara un empujón.

Pero no me iba a poner a su altura.

Yo no era de los que iban por ahí peleando con los demás.

O a lo mejor... es que tenía miedo de hacerlo.

Puede que tuviera razón: era un cobarde.

¡Qué lío!

–Entonces, al final, ¿dónde es la reunión? –dijo Camuñas, impaciente.

–Podíamos aprovechar y reunirnos ahora mismo –propuso Ocho–, en este museo tan grande y tan bonito.

–Estoy de acuerdo –dijo Angustias.

–¿Cómo vamos a tener aquí en medio la reunión? –preguntó Marilyn–. ¡Es una reunión secreta!

–Es verdad –dijo Ocho rascándose la cabeza.

Toni no dejaba de mirarme, desafiante.

Yo aún no le había contestado.

Algo bullía dentro de mí.

Pero fuese lo que fuese, tendría que esperar. Porque justo en ese momento aparecieron Esteban, mi madre y los entrenadores.

–¡Van a cerrar enseguida! –anunció el director.

–¡Tanto arte me da hambre! –exclamó mi madre–. ¿Alguien quiere cenar?

–¡Sí, por favor! –contestó Tomeo enseguida, levantando la mano–. ¡Qué buena idea!

–Pues hala, en marcha –dijo mi madre–. Vamos a una taberna típica de la zona.

–Nada de cenar demasiado –pidió Esteban–. Los deportistas tienen que cuidar la dieta.

–Sí, sí, no te preocupes, director –dijo Tomeo relamiéndose.

–Que luego te empachas y te pones malo –le recordó Camuñas.

–Qué va –dijo el defensa–. Si yo no soy de comer mucho, es mi metabolismo.

Mientras salíamos, me fijé en unas fuentes enormes.

Todo en aquel museo era a lo grande.

–¿Te ha gustado el Guggenheim? –le preguntó Felipe a Alicia.

–Me encanta –respondió la entrenadora–. Ya había estado aquí de pequeña con mi familia.

–Ah, no sabía –dijo él.

–No eres el único que tiene secretos –contestó Alicia.

Felipe se quedó descolocado, y seguimos adelante.

Aunque no habíamos visto todas las exposiciones, a mí también me había gustado aquel sitio.

Era muy original.

Y tan grande que daba la sensación de que podrías perderte allí dentro horas y horas sin que nadie te encontrase.

Tal vez era lo que más me apetecía en aquel momento: desaparecer.

Me sentía un poco triste y agobiado.

Seguramente, Toni estaba en lo cierto.

Me daban miedo muchas cosas.

Volví a pensar que Marcos se había equivocado.

Yo era la persona menos indicada del mundo para detener al hombre lobo.

Tendría que haber elegido a cualquier otro.

–Estoy empachadísimo –aseguró Tomeo tocándose la tripa.

–Te lo dije –replicó Camuñas–. No es normal cenar tres platos de marmitako y dos chuletones con pimientos.

–Y cuatro postres diferentes –recordó Ocho.

–El marmitako se parece al guiso de patatas que hacía mi abuela –murmuró Helena.

–Es un plato típico del País Vasco –explicó Anita–, aunque también se hace en Asturias y Cantabria. Significa «de la cazuela».

–Pues Tomeo se ha zampado tres cazuelas enormes –dijo Camuñas–, y eso solo de primero.

–Es que estaba todo buenísimo –suspiró Tomeo–. Ayyyyyy... Ese marmitako con bonito y patatas y cebolla... Deberían prohibirlo. ¡Es lo mejor que he probado en mi vida! ¡Podría comerlo todos los días!

—Pues ahora no te quejes —le dijo Marilyn.

—Es que me noto muy lleno —volvió a decir Tomeo—. Voy a reventar.

—No creo que sea lo más ligero para tomar por la noche —dijo Ocho.

—No puedo moverme —murmuró Tomeo.

—Anda, camina, que eso es bueno para la digestión —le dijo Camuñas intentando animarle.

Íbamos los nueve en fila por el camino que desemboca en el prado, junto al campo de fútbol.

Al final, la reunión de los Futbolísimos se había convocado a las doce de la noche... en el prado.

Muy cerca del campo de fútbol.

—¡Si ya lo sabía yo! —se lamentó Angustias.

—No pasa nada —dijo Marilyn—. Con la luna en lo alto está todo muy iluminado, parece casi de día.

—Ya, ya —replicó Angustias—, pero como asome un hombre lobo por el bosque, ya verás qué gracia.

—Lo del hombre lobo y la luna llena es mañana —recordó una vez más Anita.

—Además, aquí no hay hombres lobo —dijo Helena—, ni animales peligrosos, ni...

Un ruido detrás de unos matorrales nos hizo detenernos en seco.

—Parecen pisadas —susurró Ocho.

–Es un animal a cuatro patas –aseguró Camuñas.

–¿Y tú cómo lo sabes? –preguntó Toni, desafiante.

–Me lo imagino –respondió el portero.

Los nueve fijamos la mirada en los matorrales, que se movían. Algo o alguien estaba allí detrás.

Nos encontrábamos muy lejos del caserío.

Y del pueblo.

Y de todas partes.

–Voy a llorar –susurró Angustias.

–Yo también –dijo Tomeo–, y a vomitar. Me estoy poniendo muy nervioso.

–¿Quién nos manda venir a un prado desconocido en mitad de la noche? –preguntó Ocho.

–Ha sido idea de Pakete –contestó Tomeo señalándome.

–¡Oye, que yo quería celebrar la reunión dentro del caserío! –me defendí.

Estábamos paralizados.

Y aquellos matorrales seguían moviéndose.

–¿Alguien tiene una idea? –preguntó Marilyn en voz baja.

–¿Salir corriendo? –propuso Camuñas.

–Correr no me va mucho –se disculpó Tomeo–, y menos ahora, con todo lo que he comido.

–A mí no me da ningún miedo –dijo Toni.

Dio un paso en dirección al lugar del que provenía el ruido.

–Qué valiente –dijo Ocho.

–Qué inconsciente –murmuró Angustias.

Avanzó hacia los matorrales, decidido.

–¡Seas lo que seas, quiero que sepas que soy Toni, de los Futbo-lísimos! –exclamó–. ¡Y que no le tengo miedo a nada ni a nadie y que...!

En ese instante... ¡un animal pegó un salto hacia Toni!

Él retrocedió asustado.

–¡Aaaaaaggggggggggg! –gritó–. ¡Socorroooooooooo!

¡Toni se agarró a Tomeo y se escondió detrás de él!

El animal que había salido entre los matorrales era...

–¡Una ardilla diminuta! –dijo Marilyn señalándola.

–¡Es preciosa! –aseguró Helena con hache agachándose hacia ella–. Ven, bonita...

La pequeña ardilla estaba temblando.

Parecía tener más miedo que todos nosotros juntos.

Helena le acercó su mano con suavidad para intentar acariciarla.

Pero la ardilla castañeteó sus dientes.

Y salió disparada hacia el bosque.

–Yo creía que las ardillas no salían de sus madrigueras por la noche –dijo Ocho.

–Las ardillas viven en los árboles o en pequeñas madrigueras que se hacen ellas mismas –explicó Anita–. Por la noche solo salen cuando se asustan.

–Pues hoy el que se ha asustado ha sido Toni, je, je –murmuró Camuñas.

–¡Yo no me he asustado! –exclamó él–. ¡Solo he dado un pequeño salto por la sorpresa!

–¡Te has pegado un susto de muerte por una ardillita! –zanjó Ocho.

Algunos se rieron.

A mí no me hizo ninguna gracia.

Estaba empezando a cansarme eso de que todos se rieran del miedo de los demás.

Aunque fuera de Toni.

–Dejemos el temita –dijo Toni harto, y me señaló–. A ver, ¿para qué nos has reunido aquí a estas horas de la noche?

Todos formaron un círculo a mi alrededor.

Observándome con mucha atención.

–Bueno –dije–, en realidad no os he convocado en este prado...

–Y dale con lo mismo –me interrumpió Toni–. Has convocado una reunión de los Futbolísimos, ¿sí o no?

–Sí.

–Pues cuéntanos de una vez para qué –sentenció Toni.

No era fácil de explicar.

Miré a mi alrededor.

A un lado, el bosque.

Al otro, las cuevas y el campo de fútbol.

Y en lo alto, la luna.

Casi llena.

Abrí la boca y me salió todo de golpe:

—Resulta que todos los habitantes de Basarri y Undain son descendientes de hombres lobo. Parece que el torneo se celebra precisamente para conmemorar que consiguieron echar al gizotso del valle. Según la leyenda, si mañana por la noche ganan el torneo los lobos, alguien del lugar se transformará en el último hombre lobo. Y la única forma de pararle es acercar una bala de plata auténtica a su corazón. La bala está dentro del trofeo de la Luna Llena, que está tras una puerta roja de la cueva vestuario. Y Marcos Lobo, el niño, me ha dicho que yo soy el elegido para esa misión y por eso me lo ha contado precisamente a mí.

Ahora sí, todos se quedaron con la boca abierta.

—¿Podrías repetirlo un poco más despacio, por favor? —pidió Tomeo.

Resoplé y dije:

—¡Todos aquí tienen sangre de hombre lobo! ¡Absolutamente todos! ¡Los de Basarri! ¡Y los de Undain!

—Pero si los de Undain son Ovejas —dijo Camuñas.

—¡Da igual! ¡Todos son descendientes del gizotso! —insistí—. ¡Hubo una época en que cada noche de luna llena había docenas de hombres lobo recorriendo este valle y atacando a la gente, a los animales! ¡Por lo visto era algo terrible!

—¿Estás seguro de lo que dices? —preguntó Marilyn.

—Es lo que me ha contado Marcos esta tarde —respondí—. Hablaba muy en serio.

—Yo no me creo nada —aseguró Toni—. Seguro que te lo dijo para asustarte de cara al partido.

—¡Pero si fue antes de saber que tendrían que jugar contra nosotros! —protesté.

—Aun así —volvió a decir Toni—. Todo eso de los hombres lobo son tonterías.

—Pues por aquí parece que sí creen en el gizotso —recordó Ocho—. Mira la discusión esta mañana en la ermita.

—Y lo seria que se ha puesto Zumaia —dijo Tomeo.

—Perdonad, pero yo pienso como Toni —intervino Helena con hache—. No son más que habladurías, viejas leyendas sin sentido.

—Ya, ya, pero ¿y si es verdad? —preguntó Angustias alarmado—. ¿¡Y si mañana por la noche, de pronto, alguien se transforma en un hombre lobo!?

El pobre Angustias parecía aún más asustado que yo.

—Angustias tiene razón —sentenció Marilyn—. Como capitana del equipo, digo que debemos estar preparados. Por si acaso.

—¿Y eso qué significa? —preguntó Tomeo.

—Muy sencillo —dijo Marilyn—. Pakete ha dicho que el único antídoto es una bala de plata que está dentro del trofeo de la Luna Llena.

—Nadie del valle puede tocar esa bala —expliqué—, porque son descendientes de hombres lobo.

De nuevo todos se giraron hacia mí.

—¡Vamos a coger la bala! —propuso la capitana.

–¿¡Nosotros!? –pregunté.

–Sí.

–¿¡Ahora!? –dijo Tomeo.

–Ahora mismo.

–Pero ¿¡por qué!? –preguntó Angustias asustado.

–Porque debemos estar preparados –contestó la capitana.

–Suponiendo que no te lo hayas inventado –dijo Toni.

–Claro que no me lo he inventado –protesté–, pero es que meternos ahora ahí dentro... Además, que hay muchas puertas y una contraseña secreta, y no creo que sea tan fácil...

–A lo mejor te da miedo –insistió Toni.

¡Ya estábamos otra vez con lo mismo!

Por supuesto que me daba miedo entrar a medianoche en aquella cueva.

Pero ese no era el tema.

–Di, espabilado –dijo Toni–: ¿vamos o no vamos?

–Vale, vale, vale, como queráis –contesté–. Vamos a por la bala de plata.

–Solo por si acaso –aseguró Marilyn.

Los nueve nos encaminamos hacia el campo de fútbol.

Atravesamos la valla del campo.

Dispuestos a entrar en la cueva vestuario.

Y cruzar la puerta roja de la sala de trofeos.

No iba a ser fácil llegar hasta allí.

El campo de fútbol permanecía a oscuras.

Los focos y toda la iluminación estaban apagados.

Aunque con aquella luna en lo alto, se podía ver perfectamente.

El gran videomarcador esférico estaba en un extremo, delante de las gradas, cubierto por una lona transparente. Se ve que por la noche lo descolgaban para que no le pasara nada.

Pasamos por detrás de los banquillos y llegamos frente a la entrada de los vestuarios.

–¿Cómo abrimos esa puerta? –preguntó Camuñas rascándose la barbilla–. Tal vez debería haber traído mi equipo de investigador.

–No te flipes –respondió Ocho–. Mira, está abierta.

Empujó tranquilamente.

–Son muy confiados en este valle, me parece a mí –susurró Toni.

–Es un campo de fútbol –dijo Marilyn–. ¿Qué van a robar? ¿Las gradas? ¿Las porterías?

–Además que aquí en el pueblo se conocen todos –dijo Tomeo.

–Me gusta que esté todo abierto –dijo Helena–. Es un signo de confianza.

–Ya veremos cuando lleguemos a la famosa puerta roja –dijo Camuñas.

En eso llevaba razón el portero.

La sala de trofeos tenía una puerta enorme y una contraseña secreta.

Yo había visto a Marcos teclearla delante de mí.

Pero no estaba seguro.

Recordaba que el primer número era un 9.

O tal vez un 6.

¿O era un 8?

¿O un 4 y luego un 9?

¡No estaba seguro!

¡Iba a ser imposible abrirla!

A medida que nos adentrábamos en la cueva, más convencido estaba de que aquello era una pérdida de tiempo.

No deberíamos haber salido del caserío en mitad de la noche.

No deberíamos haber cruzado el prado.

Y no deberíamos haber entrado en aquel vestuario sin permiso.

Giramos a la derecha a través de la cueva, conmigo en cabeza.

Seguido muy de cerca de Toni, Helena y el resto.

–¿Es por aquí seguro? –preguntó Toni.

–Segurísimo –respondí.

No olvidaría dónde estaba aquella puerta roja.

Mientras avanzábamos por el túnel, Camuñas dijo:

–Una pregunta que me viene así de pronto a la cabeza. ¿Por qué alguien se transforma en hombre lobo? ¿Lo hacen a propósito o es sin querer?

–Buena pregunta –aseguró Ocho.

–¿Podemos cambiar de tema, por favor? –pidió Angustias.

–Es un tema muy interesante –dijo Anita–. Las primeras leyendas de licántropos se remontan a la Edad Media, es uno de los mitos más populares de todos los tiempos.

–¿Qué significa mito? –preguntó Tomeo.

–Mito es una historia imaginaria muy antigua –contestó Anita–, con seres extraordinarios o muy poderosos...

–Como los Vengadores –zanjó Camuñas.

–Los Vengadores no son mitos –terció Tomeo–. Habíamos quedado en que son cómics y películas.

–¿Qué tendrá eso que ver ahora? –preguntó Marilyn.

–Pues mucho tiene que ver –insistió Tomeo–, porque siempre empezáis a hablar de los Vengadores sin ton ni son, y no me parece bien.

–¡Mirad! –interrumpió Helena–. ¡La puerta roja!

Efectivamente, allí estaba.

Al fondo del túnel.

Entre la penumbra.

–Ya os advierto que tiene un sistema de apertura digital muy complejo –murmuré–, con una contraseña.

–Excusas –dijo Toni–. Vamos allá.

Nos acercamos con sigilo.

Era una puerta roja maciza.

Enorme.

Junto a la pared estaba la pequeña cápsula de cristal líquido con los dos símbolos.

Un lobo.

Y una oveja.

–¿Cómo entraste con Marcos? –preguntó Camuñas.

–Tecleó una contraseña –respondí–, ya os lo he dicho.

–¿Y no te fijaste en los números? –preguntó Ocho.

Negué con la cabeza.

–Pues vaya investigador de pacotilla –se quejó Toni.

–No estaba investigando nada –protesté–. Simplemente le acompañé a ver la sala de trofeos porque me lo pidió.

Más bien me arrastró hasta allí.

Pero eso ahora era lo de menos.

Camuñas acercó la mano a la cápsula y tecleó unos números.

–Mi padre siempre pone 1-2-3-4 en todas las contraseñas –aseguró.

Pero nada.

La puerta no se abrió.

–¿Sabemos, por lo menos, cuántos números son? –preguntó Marilyn.

–Creo que eran cuatro –dije rascándome la cabeza–, pero no estoy seguro; estaba muy oscuro, igual que ahora.

Camuñas, Ocho y Toni teclearon varios números al azar.

Sin conseguir nada.

–Habrá que esperar hasta mañana, cuando saquen el trofeo, para ver la dichosa bala de plata –dijo Marilyn.

–Si estuvieran aquí los Vengadores –dijo Tomeo–, Hulk se acercaría a esta puerta blindada y simplemente... ¡la derribaría de un empujón!

El defensa central le dio un golpe a la puerta con ambas manos.

–¡Aggggggggggg! ¡Soy Hulk, de los Vengadores! –gritó.

Y volvió a golpearla.

¡¡¡PAM!!!

Sin más... ¡la puerta se abrió!

Delante de nuestras narices.

Como si tal cosa.

Aquella puerta roja gigantesca y pesada se abrió de par en par.

Lo prometo.

El propio Tomeo no se lo podía creer.

–¿¡Tengo superpoderes!? –exclamó observando sus manos.

–Sí, fijo –contestó Anita.

–¿Superpoderes? ¿Hombres lobo? ¿¡¡¡Qué está pasando aquí!!!? –exclamó Angustias.

–La puerta estaba abierta desde el principio –dijo Helena–, eso es todo.

–¿Seguro? –insistió Tomeo–. Yo siempre he notado que tenía una fuerza interior dentro de mí luchando por salir...

–Eso es el marmitako –dijo Ocho.

Con Toni en cabeza, entramos todos en la sala de trofeos.

O, mejor dicho, en la cueva.

–No te preocupes, yo sí creo que tienes superpoderes –murmuró Camuñas al pasar junto a Tomeo.

–¿De verdad? –preguntó él.

–No, pero te lo digo para que te animes –contestó el portero–, y porque te veo tan ilusionado que me da cosa.

–Gracias –dijo Tomeo–, supongo.

La luz azulada iluminaba el interior de la sala.

Allí estaban las fotos antiguas en las paredes.

Los viejos trofeos.

Todo exactamente igual que la primera vez que entré.

Todo menos una cosa.

En medio de la cueva se encontraba la gran vitrina apoyada en el atril.

Iluminada por un gran foco.

Pero sobre la vitrina...

¡No había nada!

¡El trofeo de la Luna Llena había desaparecido!

# 23

—¡El trofeo estaba sobre la vitrina! —exclamé—. ¡Os lo prometo!

—¡Pero si no hay nada! —dijo Camuñas.

No sabía qué responder.

Unas horas antes estaba ahí mismo.

—¡Lo que yo decía! —aseguró Toni—. ¡Te lo has inventado!

—¡Que no! ¡Estaba ahí! —protesté—. Mira la inscripción en el atril: «Torneo de la Luna Llena». Lo pone bien claro.

—Lo único que está claro es que aquí no está —dijo Ocho.

Me miraron como si yo fuera el responsable.

—De verdad que lo vi con mis propios ojos —insistí, y señalé una vez más el atril—. Además, ¿¡por qué iban a tener una vitrina vacía aquí en medio!?

—No lo sé —replicó Toni—, pero no hay ningún trofeo como el que tú decías, y mucho menos una bala de plata.

—¿Y para qué me iba a inventar algo así? —insistí.

—¡No lo sé! —volvió a decir Toni—. Para hacerte el interesante o el guay.

—¡No me lo he inventado! —dije una vez más—. ¡Estaba aquí mismo! ¡Era una esfera de vidrio blanca del tamaño de un balón de fútbol! ¡Y dentro había una bala de plata auténtica! ¡Y yo no quería venir aquí esta noche!

—¡No querías venir porque sabías que te descubriríamos! —aseguró Toni.

Pffffffffffffffff.

Toni era irritante.

Tenía respuesta para todo.

Y ahora se empeñaba en que yo me había inventado todo aquello.

—A lo mejor lo han robado —intervino Helena con hache.

—¿¡Qué!? —preguntó Angustias—. ¿Un robo? ¿Por qué? ¿Cómo?

—No lo sé —dijo Helena—. Pero cuando hemos llegado la puerta estaba abierta, lo cual es rarísimo.

—Sobre todo, una puerta blindada con contraseña —dijo Anita.

—Exacto —continuó Helena—. Tal vez el ladrón ha huido al oírnos llegar.

—¿Y por qué iban a robar el trofeo? —preguntó Marilyn—. ¿Es muy valioso?

—A lo mejor no querían robar el trofeo —respondió Helena pensativa—. Tal vez el ladrón quería robar lo que había en su interior.

–¡La bala de plata! –exclamó Ocho.

–Eso es –dijo Helena, como si todo encajara–. Si es verdad lo que nos ha contado Pakete sobre el último hombre lobo, esa bala es la única oportunidad de detenerle cuando mañana salga la luna llena.

–Está claro quién es el más interesado en robar el trofeo –sentenció Anita.

Se produjo un silencio inquietante dentro de la cueva.

Nos miramos unos a otros.

Nerviosos.

–¿Estáis pensando todos lo mismo que yo? –preguntó Marilyn, muy seria.

–Hummmmmmmmm... –dijo Tomeo–. Yo estoy pensando que me tomaría un poco de queso para bajar la cena. ¿Vosotros también?

Helena ignoró el comentario y negó con la cabeza, preocupada.

Bajó el tono de voz y empezó a decir:

–El ladrón del trofeo y la bala de plata es...

Hizo una pausa.

Y añadió:

–Es...

–¡Ya está bien! –exclamó Angustias, más angustiado que nunca–. ¡Dilo de una vez!

–El ladrón es el hombre lobo –dijo Helena.

–¿¿¡¡El gizotso!!?? –preguntó Angustias, alarmado.

–¡Shhhhhhhhhhhhhhhhhhhhhhhhhhhhhhhh! –respondimos todos al mismo tiempo.

–Calla, que aún puede estar aquí cerca –dijo Anita.

Angustias estaba temblando de miedo.

Y no era el único.

La mera posibilidad de que el hombre lobo hubiera robado el trofeo y aún estuviera por allí...

–Se me han puesto los pelos de punta –admitió Ocho mirando a su alrededor.

–A mí también –reconoció Camuñas.

–Ya te digo –susurró Tomeo.

Justo en ese momento, se escucharon pasos por el túnel.

Un paso.

Dos pasos.

Tres pasos.

Y la puerta roja... ¡empezó a moverse!

Alguien estaba entrando.

En ese preciso instante.

Nos giramos muy despacio hacia la puerta.

Sin atrevernos a mover ni un músculo.

Ni siquiera Toni, que siempre iba de chulito, se atrevió a hacer ni decir nada.

Contuvimos la respiración.

Estábamos los nueve muy juntos.

Expectantes.

Asustadísimos.

La puerta terminó de abrirse.

Entre la penumbra se vislumbró una sombra.

Una figura reflejada en la luz azulada.

Era una persona o un animal muy grande.

Enorme.

Peludo.

Se movió hacia el interior de la sala.

Su sonido retumbó en el interior de la cueva.

Hizo un ruido como si estuviera gruñendo.

O como si nos estuviera oliendo.

Y al fin... ¡entró en la cueva!

–¡Aaaaaaaaaaaaaaaaaaaaaaaaaaah! –gritó Angustias.

–¡Aaaaaaaaaaaaaaaaaaaaaaaaaaaaaaaah! –gritamos todos los demás.

–¡Socorroooooooooooo! –exclamó de nuevo Angustias.

Nunca le había visto gritar de aquel modo.

No era para menos.

No teníamos escapatoria.

Los nueve nos apretujamos aún más.

Dispuestos a lo peor.

Entonces, aquel ser enorme y peludo se giró hacia nosotros.

Parecía asombrado.

Se rascó la barba y preguntó:

—¿¡Pero se puede saber qué hacéis aquí a estas horas!?

# 24

–¡Felipe! –dijo Marilyn, aliviada.

–¿Qué Felipe? –respondió él mirándonos fijamente desde el marco de la puerta–. ¡Soy Marcos! ¡Epa!

Dio otro paso y ahora sí pudimos verle bien.

Efectivamente: era Marcos Lobo Lobo.

El hermano de Felipe.

El entrenador de los Lobos.

Con su barba.

Y su pelo desaliñado.

–Responded –dijo muy serio–. ¿Qué hacéis aquí a estas horas de la noche?

Nos miramos sin saber qué contestar.

No podíamos contarle nada del pacto de los Futbolísimos.

Ni de la reunión secreta.

—Estábamos dando un paseo —dijo Camuñas improvisando.

—Para bajar la cena —añadió Tomeo tocándose la tripa—. Es que el marmitako es tremendo.

—¿Un paseo dentro de los vestuarios del campo de fútbol? —preguntó desconfiado—. ¿A las doce de la noche?

—Suena un poco raro, ¿verdad? —dijo Ocho.

—¡Rarísimo! —exclamó Marcos—. ¡Ahora mismo me vais a contar la verdad o llamaré a la ertzaintza!

Como ninguno respondíamos, Anita murmuró:

—La ertzaintza es la policía del País Vasco.

—Ya lo sabíamos, listilla —dijo Toni.

—No me cambiéis de tema, chavales —insistió Marcos—. Lo pregunto por última vez: ¿qué estáis haciendo aquí, exactamente?

—¡No puedo más con esta tensión! ¡Necesito confesar! —exclamó Angustias, y me señaló—. ¡Hemos venido porque Pakete nos ha convocado a una reunión secreta! Perdona, pero es la verdad...

—No pasa nada —murmuré encogiéndome de hombros, aunque la idea de venir al campo no había sido mía.

—¡Dice que hay una bala de plata auténtica dentro del trofeo de la Luna Llena! —continuó Angustias—. ¡Y que es la única forma de acabar con el hombre lobo! Pero resulta que cuando hemos llegado... ¡el trofeo no estaba! ¡Ha desaparecido!

—Alguien lo ha robado —aseguró Helena.

–¿¡¡Qué!!? –exclamó Marcos.

De un salto se acercó a la vitrina, como si no pudiera creerse lo que estaba viendo.

O, más bien, lo que no estaba viendo.

–¿¡Qué habéis hecho con el trofeo, sinvergüenzas!? –preguntó.

–Nosotros no hemos hecho nada, señor Marcos –dijo Marilyn.

–Cuando hemos entrado, el trofeo ya había desaparecido –aseguró Ocho.

–¡Todo esto es muy raro! –dijo Marcos agarrando el atril con las dos manos y comprobando que el trofeo no estaba allí–. ¿Cómo habéis podido entrar en esta parte de la cueva? ¿Quién os ha dado la contraseña?

–La puerta estaba abierta –contestó Helena.

–¡Eso es imposible! –protestó Marcos–. ¡La puerta roja siempre permanece cerrada! ¡Lleva cien años cerrada!

–Pues esta noche estaba abierta –repitió Helena.

–Yo he contribuido un poco a abrirla con mi superfuerza –murmuró Tomeo.

Marcos no podía creerse que estuviera ocurriendo todo aquello, parecía muy nervioso.

–Por cierto –dijo Toni observándole–, ¿y tú qué haces aquí a estas horas de la noche? Tampoco es algo muy normal.

El entrenador de los Lobos se giró hacia Toni.

Y le señaló.

–¡Ten mucho cuidado con lo que insinúas, jovencito! –dijo–. Yo no tengo que daros ninguna explicación a vosotros. Pero, bueno, para que quede claro, he venido porque una vecina del pueblo me ha llamado preocupada. Al parecer ha visto a alguien entrar al campo de fútbol en mitad de la noche y se ha asustado. ¡Por eso he venido!

—Entonces, alguien ha visto entrar al ladrón —dijo Anita, pensativa—. A lo mejor puede dar una descripción aproximada y así hacemos una lista de sospechosos.

—¡Pero si los ladrones sois vosotros! —exclamó Marcos—. ¡Está clarísimo! ¡Sois los sospechosos número uno! ¡Ahora mismo voy a llamar a la ertzaintza!

—Hemos entrado al campo sin permiso, eso es verdad —dijo Marilyn—. Pero ladrones no somos. ¡Eso sí que no! ¡Ladrones no!

—Bueno, una vez robamos una copa de oro en Disneyland París —admitió Camuñas—, pero eso no tiene nada que ver ahora.

—Y otra vez ayudamos a robar el trofeo del Obelisco Mágico en Buenos Aires —recordó Ocho—. Pero fue algo muy distinto, así que no cuenta.

—Por no hablar de aquella vez que cavamos un túnel en el camping del pueblo para robar la caja fuerte de Jerónimo Llorente —dijo Helena—. Pero fue por una buena causa.

—Pues eso —insistió Marilyn—, que si exceptuamos la copa de oro, el Obelisco Mágico, la caja fuerte de Llorente y alguna otra cosilla... ¡ladrones no somos! ¡Que quede claro!

—Con todo este lío me está bajando el azúcar, me lo noto —dijo Tomeo—. ¿Alguien lleva una chocolatina encima o algo de comer?

—Si hace un momento estabas a punto de explotar —le recordó Camuñas.

—Eso fue antes del robo —se defendió Tomeo—. Necesito algo para animarme.

—¡Ya está bien! —explotó Marcos, atónito—. ¡No sé de qué obelisco ni de qué copa de oro ni de qué camping estáis hablando! ¡No me cambiéis de tema, que me estáis volviendo loco!

—No cambiamos de tema —explicó Anita—. Es que hemos jugado muchos partidos y torneos, y aunque no lo parezca a primera vista, también hemos resuelto muchos misterios. Incluyendo robos de todo tipo.

—¡Exacto! ¡Jugamos al fútbol y resolvemos misterios! ¡Somos los Futbol...! —empezó a decir Camuñas, que se había venido arriba.

De inmediato, todos le tapamos la boca.

—¡Somos el Soto Alto! —dijo Marilyn.

—Los futbol... istas —aclaró Camuñas, dándose cuenta de que había estado a punto de meter la pata y revelar nuestro pacto secreto.

—¡No me mareéis! —advirtió Marcos—. ¡Lo único que sé es que habéis entrado en esta cueva sin permiso y que, «casualmente», el trofeo ha desaparecido cuando habéis llegado vosotros! ¡De aquí no sale nadie hasta que devolváis el trofeo de la Luna Llena!

—¡Pero si no lo tenemos nosotros! —protestó Helena.

Y miró a su alrededor.

—¿O lo habéis robado alguno? —preguntó desconfiada.

—No, no, que noooooooooooo —respondimos todos.

—¿Seguro? —insistió Helena.

—Segurísimo —dijimos—, que no hemos sido nosotros...

–¿Lo ve, señor Marcos? –dijo Helena con hache–. Somos inocentes. A propósito, usted no será el hombre lobo, ¿verdad?

Marcos negó con la cabeza, desesperado.

–Es que pensamos que el hombre lobo puede ser el ladrón del trofeo –argumentó Ocho–, por el tema de la bala de plata.

–Me estáis volviendo loco –dijo Marcos, y sacó su teléfono móvil–. Esto no va a quedar así. Ahora mismo voy a llamar a...

–A la ertzaintza –dijo Anita–. Es la tercera vez que lo dice.

–Me encanta cómo suena: ertzaintza –repitió Camuñas.

–¿De verdad que nadie tiene unos caramelos o algo dulce? –preguntó Tomeo.

Marcos cerró su móvil, contrariado.

–No hay cobertura aquí –dijo–. Da igual. Venga, todos fuera. Vamos al campo a aclarar todo esto. ¡Y que nadie se haga el despistado!

Fuimos saliendo en fila india.

–¿Quiere que cierre yo la puerta? –preguntó Tomeo bajando la voz–. Es que antes no lo he dicho, pero creo que tengo superpoderes en mis manos, una fuerza que se desata y no la puedo controlar...

–¡Andando todos! –le cortó Marcos.

Mientras atravesábamos el túnel de vuelta, Anita murmuró:

–Pues ya no me parece más simpático que nuestro entrenador.

–Es que está un poco nervioso por el robo –le disculpó Marilyn–, pero más guapo sí que es.

—Eso sí.

Por fin salimos al exterior.

Nada más poner un pie fuera de la cueva, una voz atronó:

—¿¡Estáis bien!? ¿¡Dónde os habíais metido!? ¿¡Por qué os escapáis sin avisar!? ¿¡Qué hacéis aquí con el entrenador rival a estas horas!? ¿¡Os habéis fijado en qué noche tan preciosa se ha quedado con la luna y las estrellas!?

Solo conocía a una persona capaz de hacer tantas preguntas seguidas en tan pocos segundos.

–¡Mamá! –exclamé al verla allí en medio, con los brazos en alto.

Y no estaba sola.

A su lado se encontraba el director del colegio.

Detrás de ellos, Alicia.

Y un par de metros más allá, Felipe hablando con varias personas.

Zumaia.

El padre Boni.

Y dos policías de uniforme: un hombre y una mujer muy altos, ambos con nariz aguileña y las gorras puestas.

El hombre tenía un poblado bigote.

La mujer tomaba notas en una libreta.

—Gabon, agentes, menos mal que han venido —dijo Marcos al verlos—. ¡Han robado el trofeo!

Al escuchar aquello, los dos agentes de la ertzaintza se llevaron la mano a la gorra al mismo tiempo.

—¿El trofeo de la Luna Llena? —preguntó él, asombrado.

—¿Lo han robado? —exclamó ella, apuntándolo de inmediato en su libreta.

Se parecían mucho entre sí.

No solo por la nariz.

También tenían unos ojos muy grandes y una forma de mirar muy característica, como si en todo momento estuvieran vigilándote.

Marcos asintió.

—Es un completo desastre —aseguró, muy contrariado.

—¡Lo llevo advirtiendo desde hace mucho tiempo! —exclamó Zumaia cruzando los dedos—. ¡Este torneo esta maldito!

—Deja de repetir eso, hija —pidió el padre Boni—. Seguro que todo tiene una explicación lógica.

—Perdón, buenas noches —dijo mi madre—. Yo soy Juana Casas, representante del AMPA del colegio Soto Alto. Si me permiten, lo importante es que los niños han aparecido y están bien. Les va a caer un castigo de los que hacen época, eso ya se lo digo.

Nos miramos entre nosotros.

Eso de escaparnos en mitad de la noche no había sido muy buena idea.

—Encantado, señora —dijo el ertzaina—. Yo soy el agente primero Iñaki Arrubarena Pagazaurtundua, para servirla.

—Y yo la agente Edurne Arrubarena Pagazaurtundua —añadió la ertzaina—, hermana y compañera del susodicho. ¿Es usted quien ha dado el aviso de la desaparición de nueve niños?

—La misma —contestó mi madre—, pero, por lo que se ve, están sanos y salvos. ¡Vaya susto que nos hemos llevado!

—Es que estábamos muy preocupados, ¿sabe usted? —dijo Esteban—. De pronto, los niños no estaban en el caserío y era muy tarde y además no conocemos la zona, así que hemos llamado a la policía, disculpen el trastorno. ¿Dónde os habíais metido?

—Hemos salido a dar un paseo —dijo Camuñas—. Perdón por no avisar...

—No sé qué historia de una reunión secreta se traen entre manos —le interrumpió Marcos—. El caso es que el trofeo ha desaparecido. ¡Y estos nueve pequeños criminales estaban junto a la vitrina!

—No hemos robado nada —dijo Ocho—. La puerta de la sala de trofeos estaba abierta cuando llegamos.

—Bueno, yo he tenido que empujar un poco con mi superfuerza, ejem —añadió Tomeo.

—De verdad que no hemos hecho nada —aseguró Angustias—, solo gritar y asustarnos.

—¡Excusas! —insistió Marcos—. Os he pillado con las manos en la masa.

—¿Y tú qué hacías aquí? —le preguntó el ertzaina a Marcos.

—Muy buena pregunta —dijo Toni.

–Vine corriendo porque una vecina me avisó de que alguien estaba entrando en el campo de fútbol en medio de la noche –respondió Marcos–, y me temí lo peor.

–¿Qué vecina? –inquirió Edurne, que seguía apuntando todo en su libreta.

–¡Yo! –contestó Zumaia–. Yo le llamé. Volvía en coche a casa y me pareció ver que alguien entraba por la valla del campo.

–Menuda sorpresa –dijo Iñaki–. Pensaba que vosotros dos no os hablabais.

–Una cosa es que nos llevemos regular tirando a mal –admitió Zumaia–, y otra que no le pueda llamar ante un asunto grave como este.

Marcos y Zumaia se miraron. Estaba claro que entre ellos había algo.

–Una pregunta importante –dijo la ertzaina mirando a Zumaia–. ¿Cuántas personas viste entrar al campo? ¿Una? ¿O nueve?

–Me pareció que era una sola persona –contestó Zumaia–. Un hombre, diría yo. ¡O tal vez una mujer! ¡No lo sé! Pero pudieron ser más. Iba conduciendo y, de noche, no pude fijarme bien. En cuanto llegué a casa, llamé a Marcos para contárselo. Y luego me vine para acá.

–¿A qué hora le llamaste?

–No sé, aquí tengo la llamada –dijo Zumaia consultando su móvil–. Mira: las doce y diez minutos.

–¿Y a qué hora viste a esa persona entrar en el campo? –continuó preguntando Edurne.

–Pues un rato antes –dudó Zumaia–, supongo que sobre las doce o doce menos cinco.

–¡Ja! ¡No éramos nosotros! –exclamó Camuñas–. ¡Porque nosotros habíamos quedado a las doce en punto en el prado! ¡Llegamos al campo más tarde!

–¿Hay algún testigo de eso que dices? –preguntó Iñaki.

–Testigos somos todos –se defendió Camuñas, mirándonos–, los nueve.

Todos asentimos dándole la razón al portero.

Aunque no sé si eso sería suficiente.

Aparte de nosotros mismos, nadie más nos había visto salir del caserío.

Edurne volvió a tomar nota y se dirigió de nuevo a Marcos:

–¿A qué hora llegaste al campo de fútbol?

–No miré el reloj –respondió–. Vine directo en cuanto hablé con Zumaia.

–¿Y no pensaste que sería mejor llamar a la ertzaintza en lugar de venir tú solo al campo? –inquirió Iñaki pasándose la mano por el bigote.

–Lo pensé desde el primer momento –dijo Marcos–, pero con las prisas... De hecho, estaba a punto de llamaros para denunciar el robo cuando me habéis visto, ¿verdad, chicos?

–Ha repetido varias veces eso de llamar a la ertzaintza –admitió Ocho–, pero no terminaba de decidirse.

—Yo creo que oculta algo —aseguró Toni—. A lo mejor ha robado el trofeo, y luego se ha hecho el sorprendido cuando nos ha visto.

—¿¡Cómo te atreves!? —exclamó Marcos—. ¡Qué disparate! ¡Retira eso ahora mismo, mocoso!

—A los niños no les hables así —dijo Felipe acercándose a su hermano, que le miró desafiante.

—Alguien tendrá que enseñar modales a tus jugadores —le respondió Marcos—, ya que tú no lo haces. Más que el terror de Basarri, te has convertido en la vergüenza de Basarri.

—¡Siempre la misma historia! —dijo Felipe mirándole fijamente—. Te crees mejor que yo. De verdad, no sé para qué he vuelto al pueblo.

—Eso mismo digo yo —replicó Marcos—. A lo mejor has vuelto para robar el trofeo. Tú y tus jugadorcitos.

—¿¡Yo!? —dijo Felipe—. ¡Si hay un sospechoso aquí eres tú, lo sabe todo el mundo!

Alicia se acercó a Felipe y le agarró con suavidad.

—Tranquilo, cariño —intervino la entrenadora—. No merece la pena ponerse así, que sois hermanos y en el fondo os queréis, aunque no se note mucho.

—¡Eso, mucha tranquilidad todos, por favor! —exclamó el padre Boni—. Sospechosos del robo somos todos los que estamos aquí... y también los que no están. Que lo mismo estamos discutiendo y el ladrón está por ahí riéndose de nosotros. ¡Que tire la primera piedra el que esté libre de sospecha!

—Bien dicho, padre —asintió Edurne, y también apuntó esto en su libreta mientras lo repetía en voz alta—. «Sospechosos todos los que estamos aquí... y también los que no están».

–¿Por qué apuntas todo en esa libreta? –preguntó Camuñas.

–Para que no se escape nada –respondió ella, orgullosa–. Cada detalle puede ser crucial para resolver un caso.

–Y porque es un poco maniática también –murmuró el ertzaina, escéptico–. Un poco pérdida de tiempo sí que es.

–Iñaki, por favor, no empieces –contestó Edurne–, y menos delante de la gente.

–Como superior tuyo –dijo Iñaki–, te digo que he resuelto más casos con mi instinto que con un millón de libretas.

–Superior dice –replicó ella–, si los dos somos agentes rasos.

–Yo soy «agente primero» –matizó él.

–Ni caso, hija –intervino mi madre–, que mi marido también es policía y le gusta alardear que da gusto. Sé muy bien de qué pie cojean.

Edurne miró a todos los presentes, suspiró y añadió:

–Con el permiso de mi «superior», voy a repasar los hechos a ver si sacamos algo en claro.

Lo de «superior» lo dijo con retintín.

–Adelante, agente Edurne –contestó Iñaki–. Proceda.

# 26

Nos habíamos colocado todos en círculo.

Frente al banquillo.

En un extremo estaban los dos ertzainas.

Iñaki nos observó y se tocó una vez más el bigote.

Edurne consultó su libreta y dijo:

–Veamos: en primer lugar, Zumaia vio a alguien entrar al campo desde la carretera y telefoneó a Marcos a las doce y diez minutos, el cual vino al campo en cuanto recibió la llamada.

–Vine de inmediato –corroboró Marcos–. Me pareció preocupante que alguien se pudiera estar colando en nuestras instalaciones.

—Después de hablar con él y darme cuenta yo también de que podía ser grave —dijo Zumaia—, di media vuelta y decidí regresar a echar un vistazo.

—Sigamos —dijo Edurne, sin quitar ojo a su libreta—. La señora Juana Casas nos llamó casi a la misma hora, según consta en la centralita, para dar el aviso de la desaparición de los niños.

—Casi me da un pasmo cuando vi que no estaban en su habitación —dijo mi madre—. Enseguida avisé a Esteban y llamé a la policía, claro.

—Perdona, Juana. No debimos escaparnos sin avisar —dijo Helena.

—A continuación —prosiguió Edurne—, Marcos encontró a los nueve niños en la sala de trofeos, aproximadamente a las doce y media de la noche.

—Más o menos —confirmó Marcos, mirando su reloj—. Estaban los nueve cuchicheando. ¡Y el trofeo ya no estaba allí!

—Tampoco estaba cuando entramos nosotros —reiteró Camuñas.

—Eso no lo sabemos con seguridad —matizó Marcos.

—Y dale con acusarnos —protestó Marilyn—, qué manía.

—Además, que nosotros nunca cuchicheamos —murmuró Camuñas.

—Ni somos ladrones —recordó Marilyn—. En líneas generales, me refiero.

—¡Nadie del valle robaría ese trofeo! —dijo Marcos—. ¡Todo el mundo sabe lo importante que es! ¡Solo alguien de fuera se atrevería a robarlo!

—Vale, vale —intercedió Edurne—. Por último llegaron los aquí presentes, con Felipe a la cabeza, y el resto de familiares y responsables, buscando a los niños desaparecidos.

—Son mucho de escaparse a medianoche al campo de fútbol —musitó el entrenador.

—Eso es cierto —dijo mi madre—. Les va a caer un castigo de campeonato.

Por lo que se ve, nuestras andanzas nocturnas no eran muy apreciadas.

—No es la primera vez que lo hacen —recordó Alicia, fulminándonos con la mirada—. Yo también bajé corriendo al campo de fútbol en cuanto escuché los gritos de Juana. Pensé que era el lugar más probable donde podrían estar, que ya os vale.

Pensé que había llegado el momento de intervenir.

—Perdón —dije levantando la mano—. Si no es molestia, querría aprovechar para que explicaran a mis compañeros de equipo por qué es tan importante ese trofeo. Es que algunos todavía no se lo creen. ¿Es cierto que todos en el valle sois descendientes de hombres lobo y no podéis tocar los objetos de plata? ¿Es verdad que si mañana ganan los Lobos el partido, alguien se transformará en el último hombre lobo? ¿Y que la única forma de pararle es acercar la bala de plata que hay dentro del trofeo a su corazón?

—¡Francisco, no digas esas cosas! —soltó mi madre.

—El niño tiene razón, señora —intercedió el ertzaina—. La leyenda del valle dice que todos tenemos sangre de hombre lobo. Que esa bala de plata es la única forma de acabar con el hombre lobo. Y también que cuando los Lobos ganen más torneos que las Ovejas...

–¡Aparecerá el último gizotso! –exclamó Zumaia.

–¿Lo veis? –dije mirando a mis compañeros.

–Es una vieja leyenda sin ninguna base científica –matizó el padre Boni–, que ya estoy cansado de repetirlo.

–Ya, ya, pero ahí está –insistió Marcos–. Todos en el valle la conocemos. Nadie de por aquí se atrevería a robar el trofeo.

–No son más que habladurías –intervino Felipe–, ¡es absurdo! ¡A vuestra edad no es posible que sigáis creyendo en esas tonterías del hombre lobo!

–Sé sincero –le rebatió Marcos–. Tú también eres de aquí, aunque te fueras hace mucho. ¿No crees ni remotamente que la leyenda del último hombre lobo pueda ser verdad?

Por un momento, Felipe pareció dudar.

–Por supuesto que no –dijo finalmente.

No parecía muy convencido.

–Aunque yo tampoco creo en esas supersticiones –matizó el padre Boni–, conociendo a la gente de aquí, se me hace difícil pensar que algún vecino haya robado el trofeo y la bala de plata.

–Nadie lo haría –insistió Marcos.

–Disculpen –dijo Camuñas–, pero el principal sospechoso es el hombre lobo.

–Precisamente antes lo estábamos comentando –aseguró Anita–. Sería el más interesado en que desaparezca la bala de plata.

–Por si acaso –dijo Marilyn.

—Por si acaso —apuntó Edurne en su libreta.

—Bueno, no nos anticipemos a los acontecimientos —dijo Iñaki, el ertzaina—. Con todos mis respetos, y leyendas aparte, aquí de momento lo único que hay es el robo de un trofeo de un torneo infantil. No vamos a montar un escándalo tampoco.

—Cómo se nota que los Arrubarena Pagazaurtundua no sois del valle —murmuró Zumaia.

—¡Epa! Somos de Undain desde hace más de cuatro generaciones —protestó el ertzaina.

—Cinco generaciones si contamos al abuelo Pagazaurtundua —apostilló Edurne—, que llegó al valle siendo un mozo.

—Ya, ya, pero no sois de aquí desde la fundación del pueblo, como el resto —recalcó Zumaia, despectiva.

—Teniendo en cuenta las horas que son —dijo el padre Boni—, propongo que cada uno vuelva a su casa a descansar. Mañana domingo es la final y habrá luna llena y será un día de muchas emociones.

Todos los presentes estuvieron de acuerdo.

Los ertzainas dijeron que se encargarían de investigar el robo del trofeo.

—Nosotros nos encargamos —aseguró Edurne, y cerró al fin su libreta.

—Eso es cosa nuestra —apostilló Iñaki—. Hala, pues.

Por el momento no se podía hacer mucho más.

Fuimos saliendo del campo.

Con un montón de dudas y sospechas.

Alicia agarró del brazo a Felipe, que parecía muy compungido.

–Ya verás cómo aparece el trofeo y todo se arregla –le dijo.

–A mí el trofeo me da lo mismo –respondió el entrenador–. Me da rabia que mi hermano siga haciéndome de menos.

–Que no es eso, hombre –murmuró Alicia–. Es que todos están muy alterados por el robo y por la luna llena. Yo misma he venido corriendo como una loca en cuanto me he enterado de que los niños habían desaparecido.

–Yo he regresado a Basarri por los niños –dijo él–. Es lo único que me importa, lo demás me da igual, incluyendo el robo y el hombre lobo y el pueblo y el valle entero.

–No hables así, anda –dijo Alicia, y le dio un beso en la mejilla–. Los dos sabemos que estás muy orgulloso de ser de Basarri.

–Hummmmm –contestó él.

Mientras salíamos por la puerta principal del campo, mi madre se acercó a Edurne.

–Me encanta vuestro uniforme –le dijo–. Muy vasco.

–Gracias –contestó ella–. Entonces, ¿tu marido es policía?

–Municipal –dijo mi madre–. Muy comprometido con su trabajo.

–Esto es muy sacrificado, ya sabes –dijo Edurne, y bajó la voz para añadir–: Sobre todo si te toca salir de patrulla con tu propio hermano. Qué cruz.

–Hay que ver cuántos hermanos estamos conociendo en este viaje –aseguró mi madre–. Qué pintoresco y qué bonito todo. Arrubaena Pagazurtundua, ¿verdad? Es que con tantas sílabas es fácil hacerse un lío.

–Arrubarena –le corrigió–. Y de segundo, Pagazaurtundua. A mucha honra.

–Qué apellidos, qué idioma... –dijo mi madre, admirada–. En cuanto tenga un rato, me voy a apuntar a clases de euskera, fíjate lo que te digo. Ja, ja, ja...

Volvimos al caserío.

Y nos acostamos.

Era muy tarde.

—Mañana podréis jugar la final —advirtió mi madre—, pero a la vuelta os va a caer un castigo que ya veréis, ya.

—Escaparse en mitad de la noche... ¡Habrase visto! —añadió Esteban.

—Fue idea de Toni —dijo Tomeo.

—Chivato —murmuró Toni.

—¡Todos os habéis escapado, todos castigados! —dijo ella.

—Juana, perdona —intervino Camuñas—, pero yo creo que es injusto que nos castiguen a todos por igual, teniendo en cuenta las circunstancias...

—¡Pamplinas! —exclamó mi madre.

Cuando mi madre dice «pamplinas», significa una cosa: que se acabó la conversación.

Cerró la puerta.

Y nos dejó allí dentro.

A oscuras.

La luz tenue de la luna entraba por el ventanuco.

No sé quién habría robado el trofeo.

Ni tampoco sé si al día siguiente tendríamos que enfrentarnos con un hombre lobo.

Lo único seguro es que ese domingo iba a ser...

¡Día de partido!

¡Kikirikíííííííííí!

–Dichoso gallo –murmuró Ocho, tapándose con la almohada.

–¿¡Pero ya es de día!? –preguntó Camuñas, sobresaltado.

–Calla, que me has despertado –protestó Toni.

–¿Yo? –dijo Camuñas–. Pero si es el gallo, que no calla...

–Es imposible dormir así –dijo Marilyn.

La capitana también metió la cabeza bajo la almohada.

Entre lo tarde que nos habíamos acostado y el gallo, apenas habíamos dormido.

¡Kikirikíííííííííííí!

–¡Calla de una vez, gallo malvado y dañino!

Se oyó al director Esteban gritando desde su habitación.

Por supuesto, el gallo no se calló.

Siguió cantando.

Y no tenía pinta de que fuera a dejar de hacerlo.

–Yo ya me he desvelado –aseguró Tomeo–. Voy a bajar a ver si tienen algo de predesayuno.

–Lo que faltaba –dijo Camuñas–, ahora te has inventado el «predesayuno».

–No me lo he inventado yo –dijo Tomeo–. Es una costumbre muy arraigada en algunas culturas: un tentempié antes del verdadero desayuno.

–No lo había oído en mi vida –aseguró Anita.

–Callaos de una vez –pidió Toni–. Aquí hay gente que quiere dormir.

Por lo que se ve, aquel gallo no estaba de acuerdo.

¡Kikirikííííííííííííííííí!

Decidí levantarme y salir a estirar las piernas.

Total, ya estaba desvelado y no creo que pudiera dormir otra vez.

Tenía demasiadas cosas en la cabeza.

Me vestí.

Y salí al exterior del caserío.

El cielo estaba nublado.

Tal vez era un presagio de que se avecinaba tormenta.

O de que algo malo iba a ocurrir.

Yo no soy mucho de creer en leyendas ni en presagios ni esas cosas, pero desde nuestra llegada a Basarri, ya no sabía qué pensar.

–Aquí casi siempre está nublado –dijo alguien desde el otro lado de la valla de piedra–. No le busques explicaciones.

Me di la vuelta.

Allí estaba.

Marcos Lobo en persona.

Me refiero al niño, no al entrenador.

O eso creo.

–¿Eres Marcos o Felipe? –le pregunté.

–Eso qué más da –contestó mirándome fijamente con sus ojos rasgados y azules–. Lo importante es que esta noche por fin se cumplirá lo que llevamos cien años esperando.

–¿Te refieres a la victoria de los Lobos? –pregunté, temiéndome que no era eso exactamente.

–Me refiero al regreso a nuestros orígenes –dijo él muy tranquilo–. Me refiero a la transformación de uno de nosotros en un auténtico gizotso.

–Ah, ya. Eso –dije–. Entonces, si lleváis cien años esperando que ocurra, ¿por qué me pediste ayer que acabara con él?

–Una cosa es que todos en el valle lo estemos esperando –respondió–, y otra muy distinta es que no temamos al gran gizotso.

Por la forma en que lo decía, daba la impresión de que estaba deseando que ocurriera.

Por un lado, la gente de aquel valle temía que la leyenda fuera cierta.

Y que esa noche apareciera un hombre lobo.

Pero al mismo tiempo parecía que lo estaban deseando.

Era muy raro.

—Dicen que alguien ha robado el trofeo —murmuró Marcos.

—Sí, bueno, eso parece —contesté.

—También dicen que vosotros tuvisteis algo que ver en el robo —añadió.

—No, no, nosotros no —repliqué—. Solo estábamos allí de casualidad. O sea, de casualidad tampoco. Habíamos ido a ver el trofeo y la bala de plata. Pero no a robarlo, por mucho que digan. Bueno, en realidad yo tampoco quería ir. Pero mis compañeros se empeñaron...

Me estaba haciendo un lío.

Sentí un viento frío que bajaba de los montes que rodeaban el valle.

Noté que se me ponía la carne de gallina.

No le di mayor importancia.

Era normal que hiciera un poco de frío a primera hora de la mañana.

Justo a continuación se escuchó un aullido.

—¡Auuuuuuuuuuuuuuuuuuuuuuuuuuuuuuuuh!

El sonido provenía del bosque.

—Te están llamando —le dije.

Pero Marcos negó con la cabeza.

—A lo mejor te están llamando a ti —dijo.

—¿A mí? —pregunté extrañado.

El aullido volvió a oírse.

Salía de entre los árboles y cruzaba el prado hasta donde nos encontrábamos nosotros.

–¡Auuuuuuuuuuuuuuuuuuuuuuuuuuuuu!

–Hay gente que siente la llamada del lobo –explicó Marcos–. Les pasa a algunas personas que vienen al valle.

Escuché atentamente el aullido.

No sabía muy bien a qué se refería Marcos.

Aquel sonido era inconfundible.

Y te ponía los pelos de punta.

Pero no tenía nada que ver conmigo.

–Yo no siento ninguna llamada –dije convencido–. Además, que no es un lobo de verdad: son tus compañeros de equipo, que estarán entrenando y aullando, como hacen siempre.

En ese momento, alguien gritó desde el interior del caserío:

–¡Pakete! ¿Qué haces ahí afuera tan temprano?

Era Helena con hache.

Al oírla, Marcos dio un salto y se alejó de la valla.

–Esta noche tendrás que decidir –dijo, enigmático.

–¿Yo? ¿Por qué? –pregunté.

—Tendrás que tomar partido entre la llamada del lobo —respondió— o la de tus amigos. Eres el elegido. Ya te lo dije.

—Yo no soy ningún elegido —protesté—. Además, ahora que ha desaparecido la bala de plata, ya no tengo ninguna misión...

—Cuando ocurra, sabrás lo que tienes que hacer —insistió Marcos.

Y se alejó.

Corriendo hacia el bosque.

Se escuchó una vez más el aullido:

—¡Auuuuuuuuuuuuuuuuuuuuuuuuuuu!

Inmediatamente después, Helena se asomó a la puerta.

—¿Con quién hablabas? —me preguntó.

Por un momento dudé si de verdad había estado hablando con Marcos.

O con su hermano Felipe.

—No lo sé —contesté.

—Estás rarísimo —dijo Helena—. Anda, ven, que tengo aquí dos personas que quieren hablar contigo.

Me mostró la tablet que llevaba en las manos.

Ya me imaginaba quiénes podían ser.

La seguí al interior del caserío.

Crucé el pasillo de la planta baja.

Me senté en una mesa apartada junto a una ventana.

Y Helena abrió la pantalla.

—Os dejo solos —dijo Helena—. Seguro que tenéis mucho que hablar.

—No hace falta que te vayas, de verdad —dije.

Pero Helena desapareció por el pasillo del fondo.

Me coloqué delante de la cámara de la tablet para que pudieran verme.

Y dije:

—¡Hola!

–¡Enano, vaya careto que tienes!

El primero en hablar fue mi hermano Víctor.

Tiene catorce años.

Y sus dos especialidades son llamarme enano y darme collejas.

Al menos, a través de la pantalla no podría tocarme.

–Yo también me alegro de verte, Víctor –respondí.

–Creo que la habéis liado gorda esta noche, enano –dijo él.

–Víctor, no hables así a tu hermano, te lo he dicho mil veces –intervino mi padre, que estaba detrás de él.

Ambos se encontraban en la cocina de mi casa.

Mi padre parecía estar haciendo el desayuno.

Y Víctor tenía la mirada perdida, con los codos apoyados en la mesa, como si ya le estuviera aburriendo aquella videollamada.

Mi hermano está en una edad malísima que se llama adolescencia, y todo le aburre o le parece mal o le hace mucha gracia. No tiene punto medio.

—Cuéntanos, Francisco —dijo mi padre—, ¿qué tal va el Torneo del Hombre Lobo?

—Se llama Torneo de la Luna Llena —le corregí.

—Bueno, sí, como se llame —insistió mi padre—. Creo que ayer remontasteis en el partido contra las Ovejas. Enhorabuena, ¡así se hace!

—¿Es verdad que os llenaron el campo de fútbol de ovejas? —preguntó Víctor, repentinamente interesado.

—Sí, bueno, aquí son muy peculiares para todo —respondí—. Al final ganamos el partido...

—Gracias a un gol de churro de la portera suplente, ja, ja, ja, ja —me interrumpió Víctor—. Ya nos hemos enterado. A ver si marcas de una vez, que para ser el delantero del equipo metes menos goles que los porteros, enano.

—¡Víctor, no digas eso! —exclamó mi padre—. Lo importante es el trabajo en equipo, no meter goles. Te lo he dicho mil veces.

Dejó una bandeja con tostadas y leche y se acercó a la pantalla para que pudiera verle mejor.

—Aunque, la verdad, si metes un gol tampoco estaría mal —añadió mi padre—. Por el equipo, por el pueblo, y también por la familia, ¡estamos muy orgullosos de ti, Francisco!

—Yo no —murmuró mi hermano.

—Vamos, cariño, tú puedes —siguió mi padre, sin quitarme ojo desde el otro lado de la pantalla—. Marca un golazo por la escuadra a los Lobos esos, para que se enteren de cómo las gastamos en esta familia.

—Lo intentaré, papá —dije sin mucho convencimiento—. Es que los Lobos son muy buenos, y encima juegan en casa y son favoritos y ningún equipo de fuera ha ganado jamás este torneo...

—Para todo tiene que haber una primera vez, Francisco —dijo mi padre—, que no se te olvide.

En ese momento sonó el teléfono que mi padre tenía sobre la encimera.

Mi hermano lo señaló sorprendido.

—¡Anda, si es mamá! —dijo.

Mi padre contestó de inmediato.

—¡¡¡Juana!!! —exclamó—. ¡Precisamente estamos hablando con Francisco por la tablet...! ¿Eh? ¿Que por qué no te hemos avisado? Pues no sé...

Mi padre le dio un codazo a mi hermano.

—¡Víctor! ¿Por qué no has avisado a tu madre de que íbamos a hablar con tu hermano?

—¡A mí qué me cuentas! —replicó Víctor—. Ha llamado la niña esa del equipo para que hablásemos con Francisco y le animemos un poco. Yo no tengo nada que ver...

Mi padre siguió dándole explicaciones a mi madre por teléfono:

—Es que ha llamado la niña esa del equipo, ya sabes, la de los ojos grandes..., la novia de Francisco. Y, claro, no nos ha dado tiempo de avisarte...

—¡Yo no tengo novia! —protesté.

—Venga ya, enano, reconócelo —dijo mi hermano—. Si os pasáis el día juntos. ¡Te gusta mogollón!

—A mí Helena con hache no me gusta —dije muy serio, poniéndome en pie—. ¡Ni ella ni ninguna otra chica del mundo! ¡A ver si os enteráis de una vez!

—Que sí, cariño, lo que tú digas —respondió mi padre, que seguía hablando por el teléfono a la vez—. El caso es que ha sido todo un poco repentino, Juana, por eso no te hemos dicho nada... ¿¡Qué...!? ¡Ah, no me digas! ¡Pues claro, baja y así podemos hablar toda la familia al completo!

Mi padre me miró y preguntó:

—Que dice tu madre que está en el piso de arriba y que baja ahora mismo... Eso sí... Se lo estoy diciendo... ¿Dónde estás exactamente, Francisco?

—No lo sé, en una habitación junto a la cocina —contesté—, al lado de una ventana muy grande que da al prado.

—¿Le has oído, mi amor? —preguntó mi padre al teléfono—. Sí, sí, baja, por favor, que yo también estoy deseando verte...

Miré a mi padre y pensé que si estuviera aquí, tal vez podría ayudarme a resolver el misterio de aquel valle. Era un policía municipal con mucha experiencia y no se asustaba ante los retos difíciles y...

—¡Mira, Francisco, mira lo que me ha enseñado Víctor durante el fin de semana! —exclamó mi padre acercándose mucho a la pantalla.

Parecía muy concentrado, como si le fuera a salir humo de la cabeza.

–¡Eh! ¿¡Eh!? ¿Cómo te quedas? –me preguntó.

–¿A qué te refieres, papá? –dije sin comprender.

–¡Las orejas! –dijo entusiasmado–. ¡Mira cómo se mueven! ¡Las dos a la vez! ¿Es impresionante o no?

Mi hermano se partía de risa y me hacía gestos para que le siguiera la corriente.

–Sí, es impresionante, papá –dije.

Bien pensado, tal vez mi padre no era el más indicado para resolver aquel misterio del hombre lobo y la desaparición de la bala de plata. Además, estaba muy lejos del valle. Y ahora se dedicaba... a mover las orejas.

—¡Aquí están mis tres hombrecitos reunidos! —exclamó mi madre, acercándose—. ¡Pero qué pronto os habéis levantado todos!

Lo primero que hizo fue agarrarme con las dos manos y darme un beso en un moflete que debió de escucharse en todo el valle.

—¡Muaaaaaaaaaaaaaaaaaaaac!

Víctor, por supuesto, se partió de risa. A mi hermano aquellas cosas le hacían mucha gracia... sobre todo, cuando no le tocaban a él.

—Ayyyyy... No sé para qué te doy un beso —siguió mi madre—. Que sepas que sigo muy enfadada contigo. ¡Menudo susto nos dieron los niños anoche, Emilio!

–No seas muy dura, mujer –contestó mi padre–. Al fin y al cabo, están en la edad de hacer travesuras. Menudo era yo cuando tenía once y doce años...

–No me vengas con esas, que tú eras un pánfilo hasta que me conociste –replicó mi madre–. Si tuve que invitarte yo a salir porque no te atrevías.

–Bueno, era tímido, pero tenía lo mío también –se justificó él–. Además, que ahora lo importante es que Francisco y los demás están jugando un torneo y conociendo un lugar maravilloso...

–Y escapándose por la noche –recordó mi hermano.

–¡Víctor! –exclamó mi madre–. De tu hermano ya me encargo yo. Cuéntame qué haces estos días: ¿te estás portando bien en mi ausencia? ¿Has estudiado? ¿Has recogido tu cuarto?

–He hecho todo lo que me ha dicho papá, te lo prometo –contestó Víctor.

–O sea, que no has hecho nada –dijo mi madre suspirando–. Qué familia, si es que tengo que estar en todo. Ahora, una cosa os digo: lo mismo me lío la manta a la cabeza y me quedo por aquí una temporada. Tendríais que ver qué lugar tan bonito, con sus prados, sus bosques, sus vacas y tractores, sus museos...

–Te echo mucho de menos, Juana –aseguró mi padre.

–No seas zalamero, Emilio –respondió ella–, y dile algo a tu hijo pequeño, que esta noche tienen la final del torneo y andan un poco despistados pensando en hombres lobo y otras zarandajas...

–¿Has visto algún hombre lobo, enano? –preguntó Víctor.

—Todavía no —respondí—, pero esta noche hay luna llena.

—Mira, Francisco —intervino mi padre—, tú céntrate en el partido y en el equipo, y disfruta de la experiencia. Galicia es un lugar extraordinario. ¿Tú sabías que en Galicia hay leyendas y tradiciones milenarias asombrosas que enriquecen la cultura popular?

—Estamos en Basarri, papá —dije—, en el País Vasco.

Mi padre pareció confundido por un momento.

—Cero en geografía. ¡Ja, ja, ja, ja, ja, ja! —exclamó mi hermano, divertido.

—Perdón, que me he despistado un momentito —se excusó mi padre—. Ejem, pues eso: ¿tú sabías que en el País Vasco hay leyendas y tradiciones milenarias asombrosas que enriquecen la cultura popular?

—Sí, papá, algo he oído —respondí, por seguirle la corriente.

—Qué cabeza tienes, Emilio —dijo mi madre—. No sé cómo puedes ser tan bueno en tu trabajo, con lo despistado que eres.

—Distraído más bien —dijo él—. Es que tengo muchas cosas en la cabeza, pero en lo importante siempre estoy centrado.

—Enséñale a mamá lo que has aprendido estos días —soltó Víctor.

—Bueno, bueno... —dijo mi padre—. Te vas a quedar de piedra, Juana. Mira, mira...

De nuevo se acercó mucho a la pantalla y se concentró.

Puso cara de estar haciendo algo muy interesante.

Mi madre y yo nos miramos sin entender nada.

–Por lo visto se cree que está moviendo las orejas –murmuré, explicándole a mi madre.

–Las dos al mismo tiempo, ¡eh! –exclamó mi padre, superorgulloso.

–Bravo, Emilio –dijo mi madre, por no quitarle la ilusión–. Tú sigue así, que vas muy bien.

–¿A que es impresionante? –insistió él.

Mi hermano Víctor no paraba de reírse, parecía que le iba a dar un pasmo.

–Sí, sí, impresionante –respondió mi madre, resignada.

–Voy a parar un poco, que este ejercicio requiere mucha concentración mental y no es plan de abusar tampoco –dijo mi padre–. Bueno, ¿y qué más? ¿Habéis conocido gente interesante por ahí?

—Muchísima gente nueva, cariño –dijo mi madre–. Hemos conocido a Marcos Lobo Lobo, que es hermano gemelo de Felipe,
y a sus dos hijos, que también se llaman Felipe y Marcos y también son gemelos. Hemos conocido a san Bonifacio Ertxundi y al
padre Boni, y a Zumaia Oveja Oveja, entrenadora de las Ovejas, como su propio nombre indica... Ah, y a unos compañeros
tuyos de la ertzaintza muy majos, los hermanos Arrubarena
Pagazaurtundua, que son los que llevan el caso del robo del
trofeo de la Luna Llena...

—Ah, pero ¿entonces hay robo? –preguntó mi padre, interesado.

—Te lo dije anoche cuando te escribí –dijo mi madre–. Han robado el trofeo.

–No habréis sido vosotros, ¿verdad, Francisco? –dijo mi padre–, que os conozco.

–Que no, papá –respondí–. Nosotros no hemos hecho nada. El principal sospechoso es el hombre lobo, porque dentro del trofeo hay una bala de plata auténtica que podría acabar con él, según dice la leyenda del lugar.

–Si que os ha dado fuerte con eso del hombre lobo –musitó mi padre–. Francisco, escucha atentamente: tú, a jugar al fútbol, y olvídate de leyendas absurdas. Eso no vale para nada.

–Pero si hace un momento has dicho que son leyendas milenarias asombrosas –dije–, y que enriquecen la cultura popular.

–Es una forma de hablar...

¡Kikirikííííííííííí!

En ese preciso instante, el gallo apareció de un salto sobre el marco de la ventana.

Y detrás de él... Esteban, el director del colegio.

¡Persiguiéndole!

–¡Dichoso gallo! –exclamó–. ¡Ven aquí, que no dejas dormir a nadie!

Esteban se encaramó y... ¡también entró por la ventana!

El gallo cruzó la mesa huyendo, abalanzándose sobre la tablet.

–¿Pero qué está pasando, Juana? –preguntó mi padre, desconcertado.

–Es un gallo –explicó mi madre–, que canta todas las mañanas y es un poco molesto... ¡Esteban, ten cuidado, que ya no tienes edad para andar saltando por las ventanas!

—Si es que no se puede dormir con tanto kikirikí —respondió él—. No he visto un gallo tan pesado en toda mi vida.

La tablet cayó boca arriba, empujada por el gallo.

Nosotros nos apartamos.

Esteban, a cuatro patas, subido a la mesa, seguía empeñado en perseguir al gallo, que se zafaba del director como podía, sin dejar de aletear.

—Entre las ovejas, el hombre lobo y el gallo —dijo mi hermano desde la pantalla—, podríais montar un zoo. Ja, ja, ja, ja, ja...

—Bueno, Emilio, ya hablaremos luego, que ahora tenemos que ir a desayunar —dijo mi madre—, y además se ha liado todo esto un poco... ¡Esteban, por el amor de Dios, deja el gallo de una vez!

—¡Este lugar es demasiado pequeño para los dos! —aseguró él—. ¡Solo quedará uno: el gallo o yo! ¡Ven aquí, demonio!

El gallo le dio un picotazo a Esteban.

—Ayyyyyyyyyyy... Me ha atacado —dijo el director—. Todos lo habéis visto.

—¡Pero si eres tú el que le está persiguiendo! —dijo mi madre.

El gallo dio un nuevo salto y siguió corriendo despavorido por el pasillo, moviendo las alas.

¡Kikirikííííííííííí!

Esteban salió detrás de él.

—¡Te atraparé!

Y mi madre, detrás del director.

—¡Esteban, déjalo ya! —le pidió.

Pensé que era un buen momento para acabar la conversación con mi padre y mi hermano.

Me asomé a la pantalla y dije:

—¡Hasta luego! ¡Ya os contaremos qué tal va la final!

—Mucho ánimo, cariño —dijo mi padre—. ¡Estamos con el Soto Alto! ¡Os apoyamos en la distancia!

—Eso, estaremos aplaudiendo mientras jugáis —dijo Víctor, con los dos pulgares hacia arriba—, ¡y moviendo las orejas! ¡Ja, ja, ja, ja, ja, ja, ja!

El domingo pasó volando.

Dimos un paseo por el prado.

Hicimos algunos ejercicios suaves con Alicia y Felipe.

A la hora de comer pasaron a visitarnos los ertzainas para decirnos que no había aparecido el trofeo y que no había pistas sobre el ladrón, pero que no nos preocupásemos: la final se disputaría igualmente.

Los Arrubarena Pagazaurtundua parecían muy tranquilos.

Tal y como había explicado Iñaki la noche anterior, a pesar de lo que dijeran algunos en el valle, solo se trataba de un torneo infantil, no había que darle mayor importancia.

Cuando se fueron, dormimos la siesta.

Que falta nos hacía.

Después tomamos una merienda cena.

Y nos preparamos para el partido.

A las ocho en punto llegamos al campo de fútbol.

En cuanto se pusiera el sol, comenzaría la final.

Como marcaba la tradición.

Dentro de la cueva reinaba el silencio.

Alicia y Felipe salieron del vestuario, y nos quedamos los nueve jugadores solos, terminando de preparar las botas, las equipaciones y todo eso.

Era evidente que tanto mis compañeros como yo estábamos preocupados.

No era la primera final de un torneo que jugábamos.

Pero sí era la primera en la que había tanto en juego.

Durante cien años, ningún equipo de fuera del valle había sido capaz de ganar aquel torneo.

Si hoy se cumplía la tradición, ganarían los Lobos.

Y en ese momento ocurriría.

Uno de los presentes se transformaría en hombre lobo.

O tal vez no.

Tal vez solo era un torneo más.

Y ganara quien ganara, no habría gizotso ni transformaciones extrañas ni nada de nada.

El caso es que tanto mis compañeros como yo estábamos un poco angustiados.

Se notaba en el ambiente.

—Venga, un poco de ánimo —dijo Marilyn, la capitana—, que ya nos hemos visto en situaciones más difíciles otras veces.

—¿En cuál exactamente? —preguntó Angustias—. Recuerdo partidos muy difíciles en los que nuestros rivales eran mucho mejores que nosotros, igual que hoy. También recuerdo misterios y robos sin resolver donde nos acusaban injustamente a nosotros, igual que hoy. Pero lo que no recuerdo... ¡es ninguna situación donde nos tuviéramos que enfrentar a un animal mitológico depredador con colmillos y garras afiladas!

—Ahí lleva razón —dijo Ocho, que también parecía asustado.

—¿De verdad os da miedo ese cuento del gizotso? —dijo Toni.

—Un poco sí —admitió Tomeo.

—A mí también —reconoció Anita—. Aunque no tenga lógica, tengo una sensación extraña en el cuerpo. ¿Y si al final resulta que es verdad? ¿Y si aparece un auténtico... hombre lobo?

—Yo me he traído la cámara digital para hacerle una foto —dijo Camuñas—. Un selfie con el hombre lobo puede valer su peso en oro.

—En cualquier caso, primero tendrían que ganar el partido —recordó Helena—. Y eso todavía no ha ocurrido. Salgamos a jugar como un verdadero equipo y rompamos la tradición. ¡Seamos el primer equipo de fuera del valle que gana el Torneo de la Luna Llena!

—Suena muy bonito —dijo Angustias—, pero yo tengo otra idea mucho mejor: subamos al Pegaso 5000 y salgamos huyendo antes de que sea demasiado tarde. ¡Aún estamos a tiempo!

La verdad es que la propuesta de Angustias no era descabellada.

Qué empeño en quedarnos allí, sabiendo lo que nos esperaba.

—Huir es de cobardes —aseguró Toni.

—O de sabios —matizó Angustias.

—Además, que nosotros jamás nos hemos retirado de un partido —dijo Marilyn—. Somos el Soto Alto. Somos los Futbolísimos.

—Una vez sí que nos retiramos —dijo Ocho—, en el partido aquel contra los Justos.

—Es verdad —murmuró Tomeo—. Nos fuimos a mitad de partido, y tan a gusto.

—¡Era un correccional y un partido muy peligroso! —exclamó Marilyn—. No empecéis a llevarme la contraria. No vamos a huir. Dentro de un momento vamos a salir ahí fuera y vamos a dar lo mejor de nosotros mismos.

Todos nos quedamos callados.

–¿Tú no dices nada, espabilado? –me preguntó Toni–. Eres el único que no ha abierto la boca. Supongo que estarás muerto de miedo.

Le miré y pensé en decirle que no tenía miedo.

Que estaba dispuesto a jugar el partido.

Y arriesgarme a lo que tuviera que pasar.

Pero habría sido mentira.

Así que, por una vez, decidí decirle a Toni la verdad.

–Pues sí –contesté–, estoy muerto de miedo.

–¿Lo veis? –dijo Toni señalándome–. Lo sabía. Pakete es un cobarde, os lo llevo diciendo desde el principio. Por eso me

empapó ayer con la manguera. Por eso no se atrevía a ir al prado de noche. Y por eso quiere salir ahora corriendo. ¡Porque es un miedica!

–Tengo miedo, es verdad –dije asintiendo–. Pero voy a jugar el partido. Tengo miedo del hombre lobo y de que nos peguen una paliza y de que nos acusen de robar el trofeo y de no meter ningún gol y de hacer el ridículo y de muchas más cosas... Y a pesar de eso, voy a salir con mis compañeros, o sea, con vosotros, al campo. Tengo miedo y no me avergüenzo de ello. ¡Sí, tengo miedo! ¿Qué pasa?

Por un momento, Toni se quedó paralizado.

No se esperaba aquello.

Inmediatamente, Angustias me abrazó con muchísima fuerza.

–¡Muchas gracias por decirlo, Pakete! –estalló–. ¡Yo también tengo miedo, ya lo sabéis! ¡A todo lo que tú has dicho y a muchas más cosas! ¡Tengo miedo a que se haga de noche! ¡A la oscuridad! ¡A que me den un golpe! ¡A ponerme a llorar delante de todos! ¡Tengo muchísimo miedo! ¡Tengo tanto miedo que me quedaría aquí abrazado y no me movería en toda la noche!

–Vale, vale –le dije–, ya pasó.

Los demás nos miraban sorprendidos, sin saber muy bien cómo reaccionar.

Se produjo un silencio muy incómodo.

Angustias y yo, abrazados en medio del vestuario.

Y el resto observándonos, un poco avergonzados.

Hasta que Helena con hache exclamó:

—¡Un abrazo antes del partido! ¡Vamos, Futbolísimos!

Se abalanzó sin pensarlo.

Se echó encima de nosotros dos.

Y nos dio un gran abrazo.

De inmediato, Marilyn hizo lo mismo.

—¡Los Futbolísimos unidos! —exclamó.

Y también nos abrazó.

Y Anita, Ocho, Tomeo y Camuñas.

Todos nos abrazamos.

Con mucha fuerza.

—Solo faltas tú —dijo Helena mirando a Toni—. ¿No te vas a unir al abrazo de los Futbolísimos?

—Es una tontería ese abrazo —murmuró.

—Venga, si lo estás deseando —dijo Ocho—. Mola mucho estar todos aquí, bien apretaditos antes del partido.

—Ya te digo —aseguró Tomeo.

Toni suspiró y dijo:

—Vaaaaaaaaaa, que conste que lo hago por vosotros, ¿eh?

Finalmente se acercó y se unió al gran abrazo.

Los nueve unidos, entrelazados en un gigantesco, enorme e interminable abrazo.

Podría haberme quedado así un buen rato.

Marilyn exclamó:

—¡Aquí está el Soto Alto!

Y todos respondimos:

—¡Invencibles como el cobalto!

Se abrió la puerta del vestuario y se asomó Alicia.

Al principio se quedó boquiabierta al vernos allí abrazados y gritando.

Pero enseguida dijo:

—Pensé que estaríais desanimados. ¡Me encanta veros así! ¡Vamos a por la final, chicos! ¡Nos están esperando! ¡Ya está todo preparado para empezar!

Sin más, deshicimos la piña que habíamos formado y fuimos saliendo hacia el campo de fútbol.

Mientras atravesábamos el túnel, observé la puerta roja, al fondo.

Luego, me acerqué a Helena y le dije en voz baja:

—Muchas gracias.

—¿Por qué? —me preguntó ella.

—Por abrazarnos a Angustias y a mí después de lo que hemos dicho. Era un momento muy raro.

—Al revés —rebatió Helena—. Gracias a ti, de verdad. Gracias a vosotros dos hemos sido capaces de abrazarnos antes del partido. Hacía mucho que no pasaba algo así. Muchas gracias.

Me encogí de hombros.

Helena siempre sabía qué decir y cómo hacerme sentir bien.

—Por cierto —dijo—, ¿tú quién crees que habrá robado el trofeo?

—No lo sé —respondí—. Tal vez alguien que sospeche que se puede convertir en hombre lobo. Cualquiera del valle.

Seguimos avanzando por el túnel, caminando hacia el campo.

Un pequeño rumor provenía del exterior.

—¿Y quién será el hombre lobo? —insistí.

—Ni idea —dijo Helena—. Tal vez uno de los gemelos. O el padre Boni, ¿te imaginas? O incluso Zumaia...

Pensar que cualquiera de ellos podía transformarse dentro de un rato en un hombre lobo me ponía muy nervioso.

Respiré hondo y alejé ese pensamiento de mi mente.

—O a lo mejor —añadió Helena— el robo no tiene nada que ver con el hombre lobo.

—¿Tú crees?

—Puede que simplemente lo haya robado alguien que teme que el trofeo se lo lleven unos extraños como nosotros, después de cien años —apuntó ella.

No lo había pensado.

Pero tal vez tenía razón.

Quizá el robo era mucho más sencillo y no tenía relación con el hombre lobo ni con ninguna leyenda.

Solo era alguien que quería quedarse aquella copa tan especial.

No podía estar seguro.

Y no había tiempo para seguir dándole vueltas.

Por fin cruzamos la salida de la cueva.

Y pisamos el campo de fútbol.

Esperaba encontrarme un campo abarrotado de gente, gritando con las banderas de los Lobos.

Pero todo lo contrario.

Fue algo impresionante.

El campo estaba completamente a oscuras.

Lo único que se veía era la enorme luna llena en lo alto.

Tan grande que parecía ocupar todo el cielo.

En la penumbra distinguí la figura de nuestro entrenador.

Felipe estaba delante del banquillo, mirando hacia arriba.

Entonces, de repente...

¡Se encendieron cientos, miles de pequeñas luces!

Absolutamente todos los espectadores prendieron al mismo tiempo las linternas de sus móviles.

Las gradas centellearon a nuestro alrededor.

Y los miles de personas que había allí agolpadas aullaron al unísono:

—¡¡¡Auuuuuuuuuuuuuuuuuuuuuuuuuuuuuuuuuuuuuuuuuuuuuuuuu!!!

Fue escalofriante.

Un segundo después, se encendieron los focos del campo.

También el videomarcador esférico.

Empezó a girar sobre su eje.

Aparecieron los nombres de los dos equipos en grandes letras luminosas:

LOS LOBOS

Vs.

SOTO ALTO

El padre Boni, que de nuevo era el árbitro, señaló el centro del campo.

Nos colocamos en nuestras posiciones.

Y empezó el partido.

La gran final.

Felipe Lobo sacó de centro.

Marcos Lobo agarró el balón y comenzó un eslalon increíble.

Avanzó en zigzag con la pelota pegada a los pies.

Saltó por encima de Toni y Helena.

Me dribló a mí con un toque de tacón.

Sorteó a Marilyn por velocidad.

Le hizo un túnel a Tomeo.

Asustó a Angustias de un grito.

¡En pocos segundos, regateó a todo el equipo!

¡Con aquella hierba tan alta, era casi un milagro!

Y se plantó solo delante de la portería.

Camuñas movió los dos brazos al mismo tiempo, tratando de distraerle.

—¡¡¡Molinillo!!! —gritó el portero, intentando llamar su atención.

Pero Marcos seguía muy concentrado.

Chutó raso y ajustado al poste izquierdo.

Imparable.

¡El balón entró en la portería!

Gol de los Lobos.

Nada más empezar.

—¡Goooooooooooooooooool! —corearon sus compañeros.

—¡Golazooooooooooo de Marcoooooooooooos! —gritó él mismo levantando el puño hacia lo alto, hacia la luna llena.

Todo el público en la grada se puso en pie y...

—¡Auuuuuuuuuuuuuuuuuuuuuuuuuuuuuuuuuu!

Aullaron a pleno pulmón.

El videomarcador giraba a toda velocidad sobre sí mismo con las tres letras luminosas parpadeando:

G-O-L

Había sido un comienzo arrollador.

La gente seguía en pie aplaudiendo.

Y cantando:

¡¡¡Corre, huye, escapa,
que ya viene el loboooooooooo!!!

Camuñas sacó el balón del fondo de nuestra portería.

—Es la primera vez que me falla el molinillo —dijo extrañado.

Estaba claro que los Lobos habían salido a por todas.

Marcos se golpeó el pecho con los puños y exclamó:

—¡¡¡Pichichiiiii!!!

Todos en la grada le aplaudieron.

En la banda, Marcos, el entrenador, también aplaudía y animaba a los suyos:

—¡Aúpa Lobos! ¡Vamos a por otro gol! ¡No hay que dejarles respirar!

Felipe, nuestro entrenador, le miró de reojo y no se molestó en replicar ni en darnos ninguna instrucción.

Aquel gol le había afectado.

Resopló y siguió con la mirada perdida en lo alto, como si la luna fuera lo único que le interesara aquella noche.

Alicia dio un salto y exclamó con fuerza:

—¡Vamos, vamos, vamos, chicos, esto no ha hecho más que empezar! ¡Hay que jugar en equipo! ¡Venga, que no se diga!

Efectivamente, la entrenadora tenía razón.

El partido no había hecho más que empezar.

Y lo peor estaba por venir.

El padre Boni hizo sonar el silbato y Helena sacó de centro.

El balón le llegó a Toni.

Antes de que lo pudiera controlar, los dos gemelos se lanzaron con los pies por delante a por él.

Toni no pudo esquivarlos... ¡y salió volando por los aires!

Menuda entrada le habían hecho.

Y en el centro del campo.

Sin venir a cuento.

–¡Falta, árbitro! –pidió Alicia–. ¡Y tarjeta!

–Que sí, falta, ya lo he visto –dijo el padre Boni señalando con la mano extendida–. Pero de tarjeta nada, hija, que tampoco ha sido para tanto.

Aunque no habían recuperado el balón, dejaron clara cuál era su estrategia.

Presionar, correr, no dejarnos ni respirar, como acababa de decir su entrenador.

Durante los primeros minutos, se repetía todo el tiempo la misma jugada.

Intentábamos pasarnos el balón... ¡hasta que alguno de los Lobos nos pegaba un empujón o una zancadilla y nos estampábamos contra el suelo!

El padre Boni pitaba falta una y otra vez.

Pero ellos seguían a lo suyo.

Parecía que les daba igual jugar.

Si pretendían asustarnos, lo estaban consiguiendo.

–A mí no se os ocurra pasarme el balón –pidió Angustias, alejándose hacia su banda.

–A mí tampoco, si no os importa –dijo Tomeo retrasando su posición.

Poco a poco, nos iban encerrando en nuestro campo.

La gente, en la grada, animaba con gritos y aplausos.

Iban ganando.

Y dominando.

Nosotros éramos incapaces de crear ni una jugada, y mucho menos una ocasión de peligro.

Marilyn sacó de banda y me pasó el balón.

Lo controlé con el pecho y lo bajé al suelo.

Inmediatamente, detrás de mí, sentí que los dos gemelos se acercaban.

Venían a toda velocidad, como si yo fuera su presa.

Dispuestos a golpearme, a hacerme falta.

Me quedé de espaldas a ellos, muy quieto, esperando que estuvieran más cerca.

Introduje muy lentamente la puntera de mi bota debajo del balón.

Y cuando los tuve casi encima...

¡Elevé el balón hacia atrás, sin mirar!

La pelota hizo una parábola casi perfecta y pasó por encima de Felipe y de Marcos, que no se lo esperaban.

Yo me giré a toda prisa, aprovechando que se habían quedado mirando hacia arriba.

¡Los dejé atrás a los dos a la vez!

Y avancé con el balón, intentando que no se me trabara entre la hierba.

Mi madre se puso en pie y bramó:

–¡Así se hace, Francisco!

–¡Jugadón! –gritó Esteban, entusiasmado.

Eran los dos únicos que se habían levantado en toda la grada. El resto de la gente permanecía sentada, expectante.

Atravesé su campo sin dejar de correr.

La lateral izquierda salió a cubrirme.

Levanté la cabeza y comprobé que Toni y Helena aún estaban muy retrasados, no podía pasarles.

Supongo que ni mis propios compañeros se lo esperaban: era la primera jugada de ataque que conseguíamos hacer.

Marilyn corría varios metros detrás de mí.

Tampoco podía esperarla a ella.

No podía perder ni un segundo.

Era nuestra primera oportunidad.

Enfilé el vértice del área.

La lateral y el defensa central iban directos a por mí.

Aquello iba a ser un choque de trenes.

Entre los dos podían hacerme un sándwich.

Desde luego, ellos no iban a pararse.

Y yo tampoco tenía intención de detenerme.

Valoré la posibilidad de chutar desde allí mismo; tal vez podía pillar por sorpresa al portero.

Pero estaba muy lejos.

Iba lanzado.

Corriendo lo más deprisa que podía.

En un instante se produciría el choque.

La lateral parecía volar.

Y el central avanzaba a grandes zancadas.

Vestidos de negro.

Con la mirada fija en mí.

¡Eso es!

Entonces se me ocurrió:

«Los dos van obsesionados conmigo, sin quitarme ojo».

«No soy tan bueno como para regatearles».

«Pero a lo mejor... el balón sí».

Quizá era una idea absurda; aun así, merecía la pena intentarlo.

Di un pequeño toque con el empeine a la pelota, que salió disparada hacia la banda.

Y me escoré en dirección contraria: rumbo hacia la portería.

Ninguno de los dos se fijó en el balón.

Ambos fueron directos a por mí.

¡CATAMPLUM!

Los tres chocamos.

Y caímos al suelo.

Hechos un ovillo.

Allí tirado sobre la hierba, dolorido del golpe, miré por encima y vi que el balón había pasado.

Estaba solo junto a la banda.

Sin ningún defensor cerca.

Si mi idea funcionaba, ahora llegaría Marilyn y podría entrar al área ella sola con el balón.

Giré el cuello esperando ver aparecer a la capitana.

Sin embargo, en su lugar surgió un jugador vestido de negro con el número 10.

¡Marcos Lobo!

¿¿¿Cómo era posible???

Si los había dejado mucho más atrás.

Era casi imposible que hubiera recorrido aquella distancia en tan poco tiempo.

¿Cómo podía haber llegado antes que Marilyn?

—¡Falta, árbitro, me han hecho falta! —exclamó Marilyn desde el centro del campo.

La capitana estaba tirada en el suelo, muy cerca del otro gemelo, que se alejaba hacia nuestra portería con cara de no haber hecho nada.

—¡Me han empujado! —siguió protestando ella.

¡Por eso no había llegado a tiempo al balón!

—Lo siento, no he visto nada —se justificó el padre Boni, que seguía la jugada desde muy lejos. La tripa le pesaba demasiado—. ¡Jueguen!

Menudo desastre.

Me había pegado un castañazo contra el central y la lateral para nada.

Marilyn estaba también tirada en el suelo.

Y Marcos controló el balón sin nadie que se lo impidiera.

Todo había salido al revés.

Le dio un tremendo patadón a la pelota, que cruzó el campo de un extremo a otro.

Y nos pilló a todos por sorpresa.

Tomeo intentó despejar desde el borde del área, era el único que se había quedado a defender.

Pero Felipe Lobo saltó mucho más que él.

Fue un saltó espectacular.

No parecía un niño.

Daba la impresión de que era un animal salvaje.

Con un movimiento perfecto del cuello, remató de cabeza por encima de Tomeo.

El balón voló con una enorme fuerza hacia la portería.

Camuñas se lanzó para intentar detenerlo.

Incluso rozó la pelota con los dedos.

Pero no llegó a despejar.

¡El balón entró por la escuadra en la portería!

Nuestra primera oportunidad del partido había acabado...

... ¡con otro gol de Los lobos!

**31**

Aquello era una fiesta.

La gente saltaba y brincaba en las gradas.

Celebraron el segundo gol con más ganas.

Aplausos.

Vítores.

Aullidos.

Felipe Lobo señaló el número 11 de su camiseta y gritó:

—¡Pichichiiiiiiiiiiiii!

Los dos gemelos estaban empatados a tres goles en el torneo.

Aquello era lo único que parecía tener emoción: averiguar quién de los dos sería el máximo goleador.

Porque el equipo campeón cada vez parecía que estaba más claro.

El videomarcador no paraba de girar y girar.

Ya me estaba mareando.

El luminoso parpadeaba:

Los Lobos, 2; Soto Alto, 0.

Marcos, el entrenador, estaba exultante.

Miró a Felipe, nuestro entrenador, con una sonrisa de oreja a oreja.

Y no le dijo ni una palabra.

Simplemente... aulló.

—¡Auuuuuuuuuuuuuuuuuuuuuuuuu!

Mucha más gente en la grada secundó su aullido.

Estaban eufóricos.

Felipe negó con la cabeza y no contestó.

Se sentó en el banquillo con la mirada perdida.

Hasta Alicia estaba en shock después de aquel segundo gol.

—¡Venga, vamos, equipo! —exclamó—. ¡Ha sido mala suerte! ¡Podemos remontar!

Ni ella misma parecía creérselo.

Además, de mala suerte, nada.

Había sido otro golazo.

El primero, por abajo pegado al poste.

Y el segundo, de cabeza por la escuadra.

¡Dos remates espectaculares!

Corrían mucho más que nosotros.

Eran más fuertes.

Presionaban en todo el campo.

Y aprovechaban sus ocasiones de gol.

Eran mejores en todo.

El partido continuó sin pena ni gloria.

Por fortuna, el resto de la primera parte pasó rápidamente.

Tuvimos suerte de que no metieran más goles.

Felipe y Marcos, los gemelos, parecían picados entre ellos a ver quién marcaba otro gol.

Incluso se estorbaron en un par de remates.

Gracias a eso no marcaron.

Cuando el padre Boni pitó el descanso, mis compañeros y yo respiramos al fin.

Estábamos reventados, completamente asfixiados.

Más aún que en el partido contra las Ovejas.

No estábamos preparados para algo así.

Corrían y presionaban todo el tiempo, como si no se cansaran nunca. Como si no fueran humanos...

Los siete nos dejamos caer sobre la hierba, allí mismo.

Anita y Ocho también llegaron a nuestra altura.

–Hay dos cosas que no comprendo –dijo Camuñas señalando las gradas–. La primera: ¿por qué se han unido todos los vecinos de Basarri y Undain para apoyar a los Lobos?

–Tienes razón –murmuró Ocho–. Yo creía que los de Undain irían con nosotros: son pueblos rivales.

Lo que decía Camuñas era la pura verdad.

Allí estaban los habitantes de los dos pueblos, más unidos que nunca, apoyando a los Lobos.

La propia Zumaia estaba entre el público aplaudiendo.

Y también la pareja de ertzainas, los hermanos Arrubarena Pagazaurtundua.

Todos sin excepción apoyaban a los Lobos.

–Se ve que les puede más la tradición –dijo Anita–. Seguramente no quieren que el torneo lo gane por primera vez alguien de fuera del valle.

–¡Pues vaya! –se lamentó Tomeo–. Yo también esperaba que la mitad del público nos animara a nosotros.

–Me temo que no va a ser así –zanjó Marilyn–, ya lo has visto.

–Y la segunda y más importante –continuó Camuñas–: si todos están convencidos más o menos de que la leyenda es cierta, ¿por qué quieren que ganen los Lobos? ¿Es que buscan que alguien se transforme en un hombre lobo? No lo puedo comprender...

–Será por curiosidad –dijo Tomeo–. Aunque les dé un poco de miedo, a lo mejor quieren ver un hombre lobo en directo.

–O porque todos son descendientes del último hombre lobo –recordó Helena con hache–. La sangre del gizotso corre por sus venas, y no pueden evitarlo.

–No digas esas cosas, por favor te lo pido –suplicó Angustias–, que bastante tenemos con la paliza que nos están pegando como para encima pensar que estamos rodeados de cientos, miles de hombres lobo.

Así dicho era una imagen terrorífica.

Nosotros allí en medio.

Jugando al fútbol.

Y a nuestro alrededor, miles de hombres lobo esperando el momento de transformarse.

–Cada uno que anime a quien le apetezca –interrumpió Toni–, a mí eso me da igual. O hacemos algo, o nos van a arrasar en la segunda parte.

–¿Propones alguna solución concreta? –preguntó Marilyn.

–Pues que me paséis el balón –dijo Toni–. Sabéis de sobra que soy el único capaz de meter gol. Antes, en la jugada de Pakete, por ejemplo, ¿por qué no me has pasado?

–¿Yo? –pregunté extrañado–. No te he pasado porque estabas muy atrás, y además te iban cubriendo.

–Excusas –dijo él–. La única oportunidad que tenemos es aguantar, patadón... Y me la pasáis a mí para que marque. Como hemos hecho otras veces.

–En algunos partidos eso ha funcionado –reconoció Ocho.

–Pero es que ni siquiera tenemos el balón –dijo Tomeo–. No se la podemos pasar a Toni ni a nadie.

–Pues habrá que tenerlo –aseguró Marilyn–. Menos lamentarnos y más correr.

Puede que la capitana tuviera razón.

Pero no era tan sencillo.

Estábamos totalmente sobrepasados por los Lobos.

–¿Y si nos ponemos a aullar como ayer? –preguntó Camuñas.

–Yo paso –dijo Toni.

–Y yo –dijo Angustias.

–Además, eso ya no les va a sorprender –dijo Anita, con toda la razón del mundo.

Apareció a nuestro lado Alicia, que nos miró perpleja.

–¿Qué sucede? –preguntó–. ¿No vais al vestuario a reponer fuerzas y beber un poco de agua? Además, ¡hay que preparar el segundo tiempo!

—Estamos tan cansados —dijo Tomeo— que preferimos quedarnos aquí tumbados.

—No creo que eso dé muy buena imagen —sugirió Alicia, señalando a nuestro alrededor—. Todos nos están mirando. Parecemos un equipo derrotado.

—Eso es exactamente lo que somos —murmuró Angustias.

—A mí dar buena imagen no me preocupa mucho —aseguró Tomeo—. Prefiero quedarme aquí, despanzurrado, y que piensen lo que quieran.

—¡Error! —exclamó Alicia—. Si piensan que os habéis rendido, nos meterán una goleada. El factor psicológico es muy importante.

¡No hemos hecho tantos kilómetros para tirar la toalla ahora! ¡Arriba todos! ¡Ya!

A duras penas, sin muchas ganas, nos fuimos poniendo en pie.

–Tienes razón, Alicia. Perdona –dijo Helena–. Es que estamos agotados.

Arrastrando los pies, ante la mirada de los espectadores, mis compañeros fueron entrando en la cueva.

Aunque solo fuera para disimular y que no vieran nuestro desánimo.

Yo estaba a punto de entrar también cuando alguien me llamó.

–Francisco –dijo mi madre acercándose–, ¿hay algún lesionado? ¿Ha pasado algo grave en el equipo?

–No –dije.

–Entonces, ¿por qué os habéis quedado tirados ahí en medio? –preguntó–. ¿Es una estrategia nueva para que piensen que os dais por vencidos y luego pillarles por sorpresa?

–Hummmmmmmm –dije pensativo–, no es una estrategia. Es que estamos reventados.

–Pero bueno, no podéis dar esa imagen –dijo ella–, ganéis o perdáis. De ninguna forma. ¡Sois un equipo, Francisco! ¡Un equipo!

–Eso mismo ha dicho Alicia –contesté.

Mi madre me pasó la mano por el pelo y me lo revolvió.

Ella no lo sabe, pero es una de las cosas que más nervioso me ponen en el mundo.

–¿Estáis así porque no hemos animado suficiente? –preguntó–. Ahora mismo le digo a Esteban que saque la vuvuzela...

–No hace falta, de verdad, mamá –le pedí–. Nosotros solos nos animamos, ya lo verás.

–Eso espero –dijo ella–, porque vamos, esto no parece un partido de fútbol... Mira qué cara tiene vuestro entrenador: es un alma en pena el pobre...

Señaló hacia el banquillo, donde seguía Felipe.

Estaba allí sentado, completamente solo.

De nuevo con la mirada fija en la luna.

Como si esperase un milagro.

–Se toma muy a pecho las cosas este chico –dijo mi madre–. Anoche, por ejemplo, cuando nos dimos cuenta de que habíais desaparecido del caserío... bajó corriendo al campo de fútbol... Ni siquiera nos esperó, no sé cómo pudo llegar tan rápido... Os quiere mucho Felipe.

–Sí, nosotros también le queremos a él –dije.

–Cuando llegamos Esteban y yo al campo –siguió mi madre–, Felipe ya estaba diciéndoles muy serio a los ertzainas que tenían que encontraros como fuera. Se preocupa mucho por todo. Menos mal que Alicia estaba allí desde el primer momento y calmó los ánimos.

–Pero entonces, ¿los hermanos Arrubarena Pagazaurtundua también llegaron antes que vosotros? –pregunté.

–Sí –dijo ella–, y eso que nosotros estábamos al lado, en el caserío. En realidad, Esteban y yo fuimos los últimos en llegar. Todo ocurrió muy rápido.

–Pero hay una cosa que no entiendo –dije–: ¿por qué sabíais todos que estábamos en el campo de fútbol? ¿Quién nos vio? Zumaia dijo que solo había visto entrar a una persona.

–Anda este con lo que sale ahora –dijo mi madre–. ¿Dónde ibais a estar? Siempre os escapáis por la noche al campo de fútbol, fue lo primero que pensamos todos...

–Podíamos estar en el bosque, o en el prado –repliqué–, o en un montón de sitios. Pero todos fuisteis directos al campo.

–No lo sé, Francisco, no me hagas preguntas difíciles –dijo ella–. Yo llamé a la policía, y luego Felipe salió corriendo. Antes de que pudiéramos pensar en nada, ya estábamos todos aquí abajo, incluidos los ertzainas, Alicia y el padre Boni. Y enseguida aparecisteis vosotros.

Observé detenidamente a Felipe en el banquillo, meditabundo.

Y unos metros detrás de él, a los dos agentes. Iñaki y Edurne hablaban entre ellos, comentando el partido.

Entonces, una idea cruzó por mi cabeza.

Una de esas ideas descabelladas.

Seguramente no tenía ningún sentido.

Eché a correr hacia el interior de la cueva.

–¿Adónde vas ahora, tan deprisa? –me preguntó mi madre.

–Pues adonde tú has dicho, mamá: con mis compañeros –respondí–. ¡Somos un equipo!

Crucé el túnel a toda prisa.

Y abrí la puerta del vestuario de golpe.

Me encontré a Alicia llenando la pizarra de flechas y más flechas.

–Perdón –dije–, me he retrasado unos segundos porque estaba hablando con mi madre.

–Siéntate –dijo la entrenadora–. Estamos repasando algunas tácticas.

Me senté en uno de los bancos de madera, junto a Helena con hache.

Y le murmuré al oído:

–Creo que ya sé quién robó el trofeo de la Luna Llena.

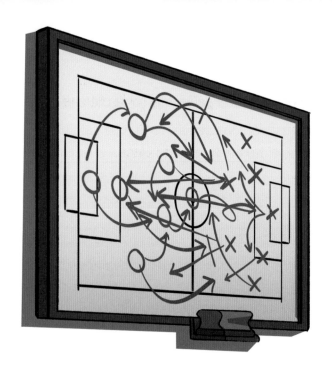

# 32

—¿¡Qué!? —exclamó Helena dando un respingo.

Todos nos miraron.

Incluida Alicia.

—¿Quieres compartir algo con nosotros, Pakete? —preguntó la entrenadora.

—No, no, yo no... —empecé a decir—. Bueno, sí, está bien: ¡tengo algo muy importante que contaros!

—¿Más importante que todas las jugadas de estrategia? —preguntó ella—. ¿Más importante que la final? ¿Más importante que una charla táctica que puede cambiar el rumbo del partido?

Por un momento dudé.

—Creo que sí —dije.

Ante la expectación de todos mis compañeros y de la entrenadora, añadí:

—He descubierto quién robó el trofeo de la Luna Llena.

Alicia se quedó estupefacta.

Un murmullo recorrió el vestuario.

Todos me observaron con atención.

—¿Lo has robado tú mismo y ahora vas a confesar? —preguntó Camuñas, muy interesado.

—Ya lo estoy viendo —añadió Tomeo—. Tienes una cara de culpable que no puedes con ella.

—¿Te pesa la conciencia por lo que has hecho? —preguntó Anita.

—¡Que noooooooooo! ¡Yo no he robado ningún trofeo! —exclamé.

—¿Estás seguro? —insistió Camuñas—. Nosotros podemos perdonarte.

—Mira que te conocemos —dijo Ocho—, y sabemos cómo eres...

—Cuando nos contaste lo de la puerta roja y la contraseña —siguió Tomeo—, y después vimos que habían robado el trofeo, todos pensamos: «Seguro que ha sido Pakete».

—¿Pero qué me estáis contando? —dije—. ¿Todos creéis que soy yo el ladrón?

—¿No lo eres? —preguntó Marilyn.

—Por supuesto que no —contesté—. No he robado el trofeo de la Luna Llena. Ni la bala de plata. Ni nada de nada.

—Ah, vaya —murmuró Ocho.

—Yo creía que ibas a confesar —dijo Camuñas.

—Entonces, ¿quién es el ladrón? –preguntó Toni.

Observé a Alicia, que tenía un rotulador en la mano y había dejado una jugada a medio explicar en la pizarra.

—Venga –pidió la entrenadora–, dilo de una vez, que no tenemos toda la noche.

—Está bien –dije–. Seguramente os va a sonar un poco raro; además, aún no tengo pruebas concluyentes, pero creo que los ladrones del trofeo son... ¡los hermanos Arrubarena Pagazaurtundua!

—¿¿¡Los ertzainas!?? –preguntó Alicia.

—Sí.

—¿¿¿Los dos agentes de la policía??? –insistió Helena.

—Sí.

—¿¿¿Iñaki y Edurne??? –preguntó Anita.

—¡Que síííííííí! –contesté–. Eso he dicho. Llegaron al campo de fútbol incluso antes que mi madre, que fue quien los llamó y eso que estaba más cerca, en el caserío.

—Eso es verdad –corroboró Alicia–. Los ertzainas llegaron antes.

—Exacto –continué–. ¿Y por qué?

—¿Porque son muy rápidos? –preguntó Tomeo.

—No –dije–. ¡Porque en realidad ya se encontraban allí cuando mi madre dio el aviso de nuestra desaparición! Pensadlo: es perfecto. Tienen acceso al campo y a todas partes, conocen las contraseñas, y nadie sospecha de ellos... porque son policías.

—Esto me recuerda al misterio del robo imposible —dijo Anita, pensativa—. ¿Os acordáis?

—Pues claro —dijo Marilyn—. Fue cuando robaron aquella joya egipcia: el Ojo de Horus. Y al final resultó...

—¡Que los ladrones eran los dos policías municipales! —exclamó Ocho.

—Justamente —continué—. Nadie se lo esperaba. Los que se supone que tienen que investigar y proteger... ¡son en realidad los ladrones! ¡Es perfecto! Los Arrubarena Pagazaurtundua tuvieron tiempo de sobra para robar el trofeo y esconderlo antes de que llegáramos nosotros.

—Qué bien disimulan —dijo Tomeo—, tomando notas en la libreta y haciendo preguntas a todos en plan interrogatorio.

—O sea, que la persona que vio Zumaia entrar al campo —concluyó Helena— en realidad fueron dos: Iñaki y Edurne.

—Ella misma admitió que no sabía con seguridad si era un hombre o una mujer —recordé—, ni siquiera si se trataba de una persona solamente.

—Vale, vale —dijo Helena—, pero tú mismo has dicho que no tienes pruebas... Además, ¿por qué lo hicieron? ¿Por qué robaron el trofeo?

—Eso no lo sé todavía —dije—. Tal vez no querían que se lo llevasen los de Basarri, el eterno rival. O puede que quieran la bala de plata. O simplemente les gusta el trofeo y lo quieren para ellos...

—¿Tiene algún valor económico ese trofeo? —preguntó Anita—. Porque el dinero también puede ser un móvil para el robo.

—Ni idea —dije.

—Hay muchos cabos sueltos —recapacitó Anita—. Tendremos que investigar a fondo. Pero, desde luego, los ertzainas pasan a encabezar la lista de sospechosos.

—Entonces, ¿Pakete está descartado como autor del robo? —volvió a preguntar Camuñas, recolocándose la gorra.

—¡Que yo no he sido! —exclamé—. Ya no sé cómo decirlo.

—Vale, vale, no te pongas así —dijo Camuñas—, solo era para estar seguro.

Alicia estaba atónita.

—Una preguntilla —dijo ella—: esto de investigar robos y misterios, ¿lo hacéis a menudo?

—Uf, todo el rato —respondió Tomeo—. Es agotador.

—No hay misterio que se nos escape —aseguró Camuñas.

Helena le fulminó con la mirada.

Ya estaba a punto de irse de la lengua otra vez.

—Ya veo —continuó Alicia—. Os recuerdo que somos un equipo de fútbol, no un club de detectives.

—¡Somos mucho más que un equipo! —replicó Camuñas, que enseguida se venía arriba—. ¡Jugamos al fútbol y resolvemos misterios! ¡Somos...!

—¡Somos el Soto Alto! —le interrumpió Helena.

—Ah, sí, sí, exacto —dijo Camuñas, disimulando—. ¡Aquí está el Soto Alto!

—¡Invencibles como el cobalto! —respondimos todos.

Y sonreímos a Alicia, poniendo cara de buenos.

Ella estaba desconcertada.

—Suponiendo que tengáis razón con lo de los ertzainas —dijo Alicia—, que ya es mucho suponer, ¿ahora qué hacemos?

—¿Denunciarlos? —propuso Anita.

—¿Espiarlos? —dijo Marilyn.

—¿Huir? —propuso Angustias.

—No es por nada —volvió a decir la entrenadora—, pero os recuerdo que tenemos un partido de fútbol a medias...

En ese preciso instante llamaron a la puerta del vestuario.

TOC-TOC.

Sin esperar que nadie abriera, alguien se asomó por la puerta.

—Felipe —dijo Alicia nada más verle—, ¡al fin! ¡Necesitamos tu ayuda más que nunca!

—Perdón —respondió él, dando un paso hacia el interior—, pero soy... Marcos. Nos pasa mucho, que nos confunden. Sobre todo de pequeños. Nos ocurría todo el rato.

—Ah —dijo Alicia, sorprendida y un poco a la defensiva—. ¿Y qué quieres?

—Solo avisaros de que está a punto de empezar la segunda parte —murmuró con una sonrisa—. Está todo el mundo esperando que volváis al campo. Parece que se os está alargando demasiado el descanso.

–Gracias por avisar –respondió la entrenadora mirando su reloj–. Ya mismo salimos. Estábamos... ultimando la estrategia para el segundo tiempo.

–Es una estrategia superguay –añadió Tomeo–. Vais a flipar.

–Genial –contestó Marcos desde la puerta–. Pues hala, venga, que no me gustaría que os descalificaran por no salir al campo. Je, je.

Y se marchó del vestuario.

Dejándonos allí, solos de nuevo.

Alicia miró la pizarra de estrategias y resopló agobiada.

–En resumen –dijo la entrenadora–. Tenemos que salir al terreno de juego ya mismo. Jugar la final lo mejor que podamos. Intentar remontar. Y, de paso, averiguar si las sospechas de Pakete sobre el robo son ciertas. Y todo eso, suponiendo que al terminar el partido no aparezca un hombre lobo de verdad y tengamos que huir despavoridos.

–Muy buen resumen –dijo Anita.

Menudo panorama.

Alicia volvió a respirar hondo.

–No resoples así, por favor –pidió Angustias–, que me entran ganas de llorar.

En completo silencio, sin atrevernos a decir nada, nos encaminamos al túnel de salida.

–No sé si me he perdido algo –dijo Tomeo rascándose la cabeza–, pero... ¿cómo se supone que vamos a hacer todo eso?

Por supuesto, nadie respondió.

**33**

¡Piiiiiiiiiiiiiiiiiiiiiiiiiiiiiiiiiiiiiiiii!

El padre Boni hizo sonar el silbato y dio comienzo la segunda parte.

En los siguientes treinta minutos se decidiría el futuro del torneo.

Y puede que del valle.

¿Por primera vez los Lobos ganarían más torneos que las Ovejas?

¿O, por el contrario, un equipo de fuera se llevaría el torneo por primera vez?

¿Se cumpliría la leyenda?

¿Alguien se transformaría en gizotso?

¿Aparecerían el trofeo y la bala de plata?

¿Serían verdaderamente culpables del robo los Arrubarena Pagazaurtundua?

Muchas preguntas sin respuesta y muy poco tiempo por delante.

El balón me llegó a los pies.

De inmediato...

¡ZAS!

Marcos, el número 10, se tiró con los dos pies por delante y me lo arrebató.

Yo salté por los aires.

Y él se llevó el balón.

—¡Árbitro! —protesté—. ¡Ha sido falta clarísima!

—Menos protestar y más jugar —respondió el padre Boni—. Además, haber salido antes al campo, que nos habéis tenido a todos aquí esperando. ¡Hala, a espabilar!

La cosa empezó igual que en el primer tiempo.

Con un agravante: ahora el padre Boni ya no parecía tan dispuesto a pitar las faltas de los Lobos.

En los primeros minutos nos acribillaron.

Faltas.

Empujones.

Golpes.

Zancadillas.

Codazos.

Disparos...

Parecía que no se cansaban nunca.

Habían salido con más fuerza si cabe.

Chutaban desde cualquier sitio.

En cuanto le llegaba el balón a Marcos, disparaba a portería.

Y en cuanto lo agarraba Felipe, exactamente igual: también disparaba.

Desde cualquier posición, por muy lejos que estuvieran.

Arrugaban la nariz, como si estuvieran oliendo el posible gol, y...

¡PAM!

¡Chutaban a portería!

¡Una y otra vez!

No solo querían meter gol.

Además, los dos gemelos querían ser el pichichi del torneo.

Camuñas despejó algunos tiros lo mejor que pudo.

Otros pasaron rozando el poste.

Otros se estrellaron contra el larguero o contra los defensas.

–¡Ayyyyyyyy! –se lamentó Tomeo después de que un balonazo le impactara en la espalda–. ¡Creo que me ha roto las costillas o el omóplato o el fémur o algo!

–¡El fémur está en el muslo! –le corrigió Anita desde el banquillo.

–¡Pues lo que sea! –se lamentó él llevándose la mano a la espalda–. ¡Duele mucho!

–¡Pero has salvado al equipo, eso es lo importante! –dijo Alicia–. ¡Árbitro, cambio!

El padre Boni hizo un gesto con ambas manos permitiendo el cambio.

–¡Anita, Ocho, al campo! –ordenó la entrenadora–. ¡Camuñas, Tomeo, al banquillo!

–¿Yo también? –preguntó Camuñas.

–Tú también –respondió Alicia–. Somos un equipo y aquí juegan todos.

–A mí no me importa dejarle mi sitio –pidió Angustias.

–He dicho Camuñas y Tomeo –insistió Alicia–. Vamos, Ocho, Anita, salid con fuerza, demostrad de lo que somos capaces. ¡Venga, venga, venga! ¡Moviendo el balón, jugando en equipo, todavía podemos conseguirlo!

Anita se puso los guantes y se colocó bajo la portería.

Ocho dio un par de saltos, tratando de animarse, y se puso en la frontal del área.

Alicia miró a Felipe, que seguía escondido en el banquillo, sin moverse, y le preguntó:

–¿Y tú no tienes nada que aportar? Se supone que también eres entrenador de este equipo.

–Yo estoy bien así, gracias –respondió melancólico, sin mirarla siquiera, con los ojos perdidos en la luna.

Parecía hipnotizado.

O tan desmoralizado que no tenía fuerzas ni para moverse.

Alicia negó con la cabeza, dejándole por imposible.

El entrenador de los Lobos, Marcos, estaba eufórico.

Dio unas palmadas y animó a los suyos:

–¡Seguid así, chicos! ¡Presión, presión, presión! ¡Esto ya está ganado!

Desde la grada, mi madre se puso en pie y le replicó:

–¡No vayas de sobrado, entrenador! ¡Aún queda partido por delante!

Él la miró de reojo, con una gran sonrisa, y no contestó.

–¡Sí, sí, tú! –insistió mi madre–. ¡Te estoy hablando a ti! ¡No te rías tanto, listillo! ¡Mucho tractor y mucho queso cuando llegamos, pero a la hora de la verdad, vas de chulito!

–Juana, que te pierdes –le pidió Esteban, tirando de ella para que se tranquilizara.

Por toda respuesta, Marcos levantó los brazos y arengó al público, que de inmediato empezó a corear:

> ¡¡¡Corre, huye, escapa,
> que ya viene el lobo!!!

Y otra vez:

> ¡¡¡Corre, huye, escapa,
> que ya viene el lobooooooo!!!

Entonces, cuando más seguros estaban los Lobos de Basarri.

Cuando más acorralados nos tenían en el campo.

Cuando más gritaban en la grada...

Sucedió algo.

Un pequeño detalle que lo cambió todo.

Marilyn y Felipe Lobo chocaron en el campo, como había sucedido tantas veces durante el partido.

Solo que esta vez el balón salió rebotado y, a trompicones, le cayó en los pies a Helena con hache.

Ella me miró con sus enormes ojos, sin decir nada.

Fue apenas una décima de segundo.

Pero entendí lo que estaba pensando.

–Sin miedo –dije.

–Eso es –dijo ella–, sin miedo.

Avanzó un par de metros y me pasó el balón.

Yo se lo devolví a la primera.

Sin miedo a las patadas ni a los golpes ni a las zancadillas ni a caerme.

Sin miedo a meter la pata.

Sin miedo.

Éramos el Soto Alto.

Éramos los Futbolísimos.

¡Éramos Helena con hache y Pakete!

Pasara lo que pasara, no podrían quitarnos eso.

Ella siguió corriendo, atravesando a toda velocidad aquella hierba tan alta.

Saltó por encima de un rival... y volvió a pasarme el balón.

Estábamos haciendo una pared casi perfecta, cruzando todo el campo entre pase y pase.

Marcos Lobo salió a cubrirme.

No me asusté.

O, por lo menos, no mucho.

Ni tampoco intenté regatearle.

Ni una cosa ni la otra.

Le devolví el balón a Helena con seguridad.

¡Eso es!

Contra el miedo, lo mejor era apoyarme en mis compañeros, en mis amigos.

En este caso, en Helena.

Ella controló el balón y entró en el área.

El central fue directo a por Helena.

Y una vez más... ¡ella me pasó el balón!

La pelota se quedó muerta en mitad del área, perfecta para rematar a puerta.

Si llegaba, podría chutar.

Marcos corría a mi lado, codo con codo.

Los dos íbamos lanzados.

Noté cómo me empujaba, cómo presionaba.

Era muy rápido, corría con mucha fuerza, con mucha velocidad.

¡Iba a llegar antes que yo y conseguiría despejar!

Tenía que intentar algo.

Sin dejar de correr, murmuré:

—Sé quién ha robado el trofeo de la Luna Llena y la bala de plata.

–¿¡Qué!? –exclamó él mirándome.

Fue suficiente.

Se desconcentró un segundo.

Le adelanté.

¡Y llegué primero!

¡Enchufé el balón de un potente disparo con mi pie derecho!

La pelota salió volando a media altura.

El portero se estiró.

La despejó con ambas manos.

El balón chocó contra el poste...

¡Y entró en la portería de los Lobos!

–¡GOOOOOOOOOOOOOOOOOOOOOOOOOOOOL!

—¡Golazooooooooooooooooo del Soto Alto!

Mi madre y Esteban saltaron abrazándose.

—¡¡¡Soto Alto ga-na-rá, ra-ra-ra!!! —exclamaron fuera de sí.

Alicia también lo celebró eufórica.

—¡Olééééééééé! ¡Así se juega en equipo! —gritó la entrenadora—. ¡Bravooooo, Pakete! ¡Bravooooo, Helena! ¡Bravooooooo, todos!

Tomeo y Camuñas saltaron desde el banquillo, entrelazaron sus manos y subieron los brazos entusiasmados.

—¡¡¡Aquí está el Soto Alto!!! —gritaron a pleno pulmón.

Todos desde el campo respondimos:

—¡¡¡Invencibles como el cobalto!!!

Yo señalé a Helena, ella había iniciado la jugada.

–¡Sin miedo! –exclamó ella.

–¡Sin miedo! –repliqué yo.

El gol subió al marcador esférico.

Los Lobos, 2; Soto Alto, 1.

Aunque esta vez no dio vueltas sobre sí mismo.

Ni se movió.

Simplemente, reflejó el resultado.

Como si nuestro gol no mereciera muchas lucecitas ni cele-
braciones.

El caso es que, a pesar del baño que nos estaban dando, ya
solo ganaban por un gol de diferencia.

Anita y Ocho y el resto me abrazaron y me dieron la enhorabuena.

Hasta Toni murmuró:

–Bien hecho, espabilado.

Y luego añadió:

–A la próxima, me lo pasas a mí.

Toni siempre quería ser el protagonista.

Vale que era el máximo goleador del equipo, pero a veces se
pasaba un poco.

–¡Vamos, vamos, hay que continuar el partido! –avisó el padre
Boni.

Me fijé en Felipe.

Nuestro entrenador no había salido a celebrar el gol.

Aunque tal vez se había incorporado ligeramente.

Quizá unos centímetros.

No podía estar seguro.

Detrás del banquillo, pegados a la banda, sin perder detalle de todo lo que ocurría, permanecían los hermanos Arrubarena Pagazaurtundua.

A saber en qué estaban pensando.

Los gemelos Lobo estaban rabiosos.

—¿De verdad sabes quién robó el trofeo? —me preguntó Marcos al pasar a mi lado—. ¿O solo lo has dicho para despistarme?

Dudé un momento y luego dije en voz baja:

—Un poco las dos cosas. Creo que han sido los ertzainas. De verdad.

—¿Tienes pruebas? —dijo él, mirándolos con desconfianza en la banda.

—Todavía no —contesté.

Marcos negó con la cabeza.

—De todas formas —me avisó—, no te creas que un gol os va a servir de algo.

Inmediatamente, sacaron de centro.

Felipe le pasó a Marcos.

El número 10 salió disparado hacia nuestra portería.

Dio tres zancadas.

Saltó por encima de Marilyn.

Antes de que pudiéramos reaccionar, ya estaba otra vez delante de nuestra área.

Ocho salió a cubrirle.

Marcos giró hacia el vértice del área, seguido por el pequeño defensa.

En el otro extremo apareció Felipe, su gemelo, que levantó la mano.

—¡Aquí! —exclamó pidiendo que le pasara.

Felipe había dejado atrás a Angustias y llegaba solo para rematar.

Pero en lugar de darle un pase, Marcos regateó a Ocho.

Le dribló por la derecha con un movimiento de cadera, dejándole sentado en el césped.

Había sido un gran regate, las cosas como son.

Y desde allí mismo, ¡chutó a portería!

¡Fuerte y colocado!

El balón parecía un misil teledirigido.

Anita salió con los brazos y las piernas extendidos.

–¡Míaaaaaaaaaaaa! –gritó.

¡ZAPATAM!

El balón le impactó directamente en el rostro.

Un enorme «ufffffffffffff» recorrió la grada.

Le había dado con fuerza.

Tanto que la portera cayó al suelo de espaldas.

El balón salió disparado.

Marcos Lobo llegó al rebote y volvió a empalmar un fuerte chut.

Anita apenas pudo incorporarse un poco...

¡CATAZAPLAM!

¡La pelota le impactó otra vez en el rostro!

Incluso a mí me dolió.

Fueron dos tremendos balonazos en plena cara.

Pero la cosa no acabó ahí.

Hubo un nuevo rechace.

¡Y por tercera vez, sin pensárselo, Marcos remató con todas sus fuerzas!

Aunque ya casi ni veía de los golpetazos, Anita se lanzó a por el balón y una vez más...

¡¡¡REQUETECAZAPLAM!!!

¡SE LLEVÓ UN TERCER BALONAZO EN LA CARA!

Nunca había visto una cosa semejante.

¡Tres paradas impresionantes... con la cara!

Después de este último rechace, el balón salió fuera.

Todos observamos a Anita, que parecía mareada.

Ella levantó un brazo y dijo:

–¡Estoy bien! ¡Estoy bien!

Tenía el rostro completamente rojo.

Pero aun así, intentaba sonreír.

–¡Eres una heroína, Anita! –exclamó mi madre, entusiasmada.

Y empezó a aplaudirle.

Esteban y Alicia, y nosotros también, le aplaudimos.

Poco a poco, se fueron sumando otros espectadores a los aplausos.

Gente de Undain, como Zumaia.

Y hasta algunos aficionados de Basarri.

Todos en el campo, sin excepción, se pusieron en pie y le aplaudieron.

–¡Enhorabuena!

–¡Porteraza!

–¡Bravísima!

Acostumbrada a que la llamaran empollona, que todos aquellos extraños le estuvieran aplaudiendo y vitoreando era un verdadero cambio.

–Gracias, gracias –dijo ella, saludando y tratando de recuperarse.

Al mismo tiempo que ocurría eso, me fijé en que los dos gemelos, Felipe y Marcos, estaban discutiendo junto al córner.

–Me la tenías que haber pasado –dijo Felipe, el número 11, muy enfadado–. Estaba listo para rematar.

–Y yo estaba solo delante de la portera –replicó Marcos, el número 10–. Lo normal era disparar a puerta.

–¿Tres veces seguidas? –preguntó su gemelo–. Eres un egoísta, como siempre: solo quieres ser el pichichi.

–No digas tonterías –contestó Marcos–. Aquí el único que va a lo suyo eres tú... Y además, si has marcado tantos goles es por los pases que te doy yo siempre...

Parecían a punto de empujarse o algo peor.

Marcos, el entrenador, intervino desde la banda.

–¡No se discute en el campo! –ordenó–. ¡Se juega y punto!

Estaba claro que los gemelos andaban muy picados.

Se miraron con mala cara, yo creo que incluso se gruñeron, aunque puede que solo fueran imaginaciones mías.

Y continuaron el partido.

Desde ese momento, las cosas cambiaron mucho.

Puede que fuera por el pique entre los gemelos, que apenas se daban pases ni jugaban en equipo.

O que nuestro gol les hizo ponerse nerviosos.

Pero el caso es que empezamos a tener más tiempo el balón.

Y a crear algunas jugadas.

Incluso tuvimos algunas ocasiones.

Solo quedaban tres minutos para terminar y seguíamos per-diendo.

Entonces, Anita cogió un balón y se preparó para sacar de portería.

Lo colocó en el área pequeña y tomó carrerilla.

Teniendo en cuenta el poco tiempo que faltaba, parecía que iba a pegar un patadón hacia el campo contrario.

Buscando un rechace.

O un remate cerca del área.

Pero en lugar de eso, levantó las dos manos y marcó un 7.

–¿Cuál es la jugada siete? –preguntó Alicia, extrañadísima, desde el banquillo.

Pero Anita no se refería a eso.

No había ninguna jugada 7.

Al menos, que yo supiera.

Ese 7 significaba otra cosa.

Algo mucho más importante.

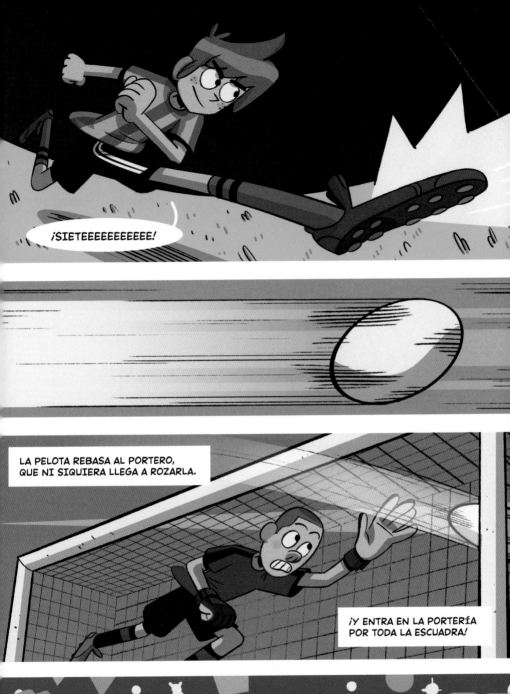

**36**

Señalé con las dos manos el número de mi camiseta:

«El número 7».

Y luego señalé a mis compañeros.

¡Los 7 jugadores habíamos tocado el balón!

¡Eso era lo más importante!

¡Había sido una verdadera jugada de equipo!

El 7 que había marcado Anita con las manos se refería precisamente a los 7 jugadores que habíamos intervenido en la jugada.

Y no sé si sería casualidad, pero además yo llevaba el número 7.

¡Todo encajaba!

¡Anita había tenido una grandísima idea!

¡Y habíamos conseguido empatar!

–¡¡¡Equipazo!!! –gritó Alicia entusiasmada, abrazándose a Tomeo y Camuñas–. ¡Os quiero a todos un montón!

Felipe se puso en pie y también aplaudió.

Parecía que iba reaccionando.

Mi madre y Esteban saltaron como locos en la grada.

–¡Es mi hijo! ¡Es mi hijo! –exclamó mi madre, fuera de sí.

Y a continuación gritó:

–¡Pichichiiiiiiiiiiiiiiii Francisco!

Yo no era el pichichi del torneo, ni mucho menos.

Los gemelos llevaban tres goles cada uno.

Y yo solo dos.

Pero aquello me sonó genial.

Creo que era la primera vez en mi vida que marcaba dos goles en un partido, o incluso en un torneo.

No lo sé.

Lo único que importaba era que habíamos jugado en equipo.

Y que la final estaba por decidir.

El videomarcador esférico indicó el resultado:

Los Lobos, 2; Soto Alto, 2.

Tampoco esta vez giró ni se iluminó de forma intermitente.

Incluso me dio la impresión de que las luces del marcador estaban más apagadas, como si estuvieran un poco mustias.

Quizá solo brillaba en su pleno esplendor cuando marcaba el equipo local.

Eso daba lo mismo ahora.

Quedaba poquísimo tiempo.

–¡¡¡Presión y disparo!!! –gritó Marcos, el entrenador de Basarri–.
¡No discutimos entre nosotros! ¡Presión y disparo he dicho!

Parecía de muy mal humor.

Ya no sonreía.

Ni le hacía gestos al banquillo rival.

Tanto él como los jugadores de Basarri estaban muy serios, en-
furecidos con lo que había ocurrido en los últimos minutos.

Desde luego, no se esperaban algo así.

Pero tampoco era para enfadarse.

Aquello me recordó nuestro tercer lema.

Es lo bueno de tener tres lemas: que siempre encuentras uno
apropiado para cada momento.

Mientras se preparaban para sacar de centro exclamé:

–¡Querer ganar, saber perder!

Mis compañeros repitieron:

–¡¡¡Querer ganar, saber perder!!!

El padre Boni pitó.

De nuevo, los gemelos sacaron de centro.

Felipe le pasó a Marcos.

Y se dispusieron a un nuevo ataque.

En el marcador se podía ver el tiempo que faltaba para concluir
el partido.

Un minuto exactamente.

Sesenta segundos.

Si llegábamos con empate al final, habría prórroga.

–¡Un minuto! –gritó Alicia, nuestra entrenadora, entusiasmada–. Hay que aprovechar el momento, ¡vamos, vamos, vamos!

Marcos, el entrenador de los Lobos, la miró sorprendido.

–¿De verdad crees que podéis ganar? –le preguntó.

Ella replicó:

–¿Nadie te ha dicho nunca que eres un engreído?

–¡Epa! ¡Qué carácter! –exclamó él–. Habéis tenido suerte, eso es todo. El partido ha sido nuestro de principio a fin. ¡Lástima que os hayáis hecho ilusiones y que ahora vayáis a perder en el último minuto!

–Hemos venido de muy lejos para jugar y disfrutar de un torneo centenario –dijo Alicia muy seria–, y también a conocer el valle y estos parajes tan bonitos donde nació Felipe y de los que tantas veces me ha hablado...

–Y a visitar el museo –añadió mi madre desde la grada.

–Eso, y el museo también –continuó Alicia–. Pero vosotros no jugáis para disfrutar, solo para ganar, a mí sí que me da lástima. Pase lo que pase, nosotros ya hemos ganado. No creo que lo puedas comprender.

Marcos se quedó sin palabras.

En ese preciso instante se escuchó un grito en el terreno de juego.

–¡Ayyyyyyyyyyyyyyyyyyyy! ¡Me han roto la pierna!

Ocho estaba tirado en el suelo, con las manos en el tobillo, dolorido y señalando a los gemelos Lobo, que estaban de pie a su lado.

–¡Me han hecho un sándwich entre los dos! –protestó Ocho–. ¡Dueleeeeeeeeeee!

–¡Aguanta, Ocho! –exclamó Tomeo desde el banquillo–. ¡Seguro que es el fémur!

–¡Que el fémur está en el muslo, no en el tobillo! –volvió a recordarle Anita.

El padre Boni había detenido el encuentro y el tiempo.

Se acercó a Ocho, preocupado.

–¿Estás bien, pequeño? –le preguntó.

–Regular –contestó él, haciendo un esfuerzo por incorporarse–. Me han hecho una entrada salvaje los dos gemelos.

–Nosotros no hemos hecho nada –dijo Marcos.

–Ha sido carga legal –aseguró Felipe, el otro gemelo.

–¿Entonces? –preguntó Helena mirando al árbitro–. ¿Qué ha pitado?

–No estoy seguro –dijo el padre Boni rascándose la nuca–. Es que estaba un poco pendiente de la discusión en el banquillo y me he despistado, je, je.

–¡Ha sido falta clarísima! –exclamó Anita.

–¡De eso nada! –protestó Marcos–. Además, si el árbitro no lo ha visto, no es falta.

Ocho ya se había puesto de pie, aunque seguía cojeando un poco.

—Bueno, un poco de tranquilidad —pidió el padre Boni—. Sé que apenas queda tiempo, y que está todo muy emocionante, y que vais empatados, y que es la gran final... ¡Pero no sé lo que ha ocurrido! ¡Así es que... aquí paz y después gloria!

—¿¡Eh!? —exclamó Helena, sin entender.

—¿Eso qué significa? —preguntó Marcos.

—¡Bote neutral! —sentenció el padre Boni.

—¡Pero eso es injusto! —protestó Ocho—. Casi me parten una pierna...

—No le hemos tocado —insistió Marcos—, y el balón lo teníamos nosotros...

—¡Bote neutral he dicho! —repitió el padre Boni—. ¡Y al próximo que proteste, tarjeta! ¿Está claro?

Nadie replicó.

Nos preparamos para luchar por el bote neutral.

Era muy peligroso, porque la jugada se había producido al borde de nuestra área, y si conseguían ellos el balón, sería una clara ocasión de gol.

Por los Lobos, el encargado de luchar por el bote fue Marcos Lobo.

Y por nuestra parte, la más rápida del equipo: Marilyn.

El padre Boni sujetó el balón con la mano.

El número 10 de Basarri tenía la mirada fija en la pelota. Arrugó la nariz, como si estuviera oliendo el peligro.

Nuestra capitana también estaba muy concentrada.

El padre Boni pitó y dejó caer el balón.

En el videomarcador se puso en marcha la cuenta atrás, los últimos 30 segundos para que todo acabara:

30...

29...

28...

Apenas el balón tocó el suelo...

¡RAAAAAAAAAAAS!

Marilyn se lanzó y le dio con la punta de su bota.

Se había adelantado a Marcos, que se quedó con la boca abierta. ¡No se esperaba aquello!

El balón salió disparado.

Volando.

Atravesó el campo.

Y, desde lo alto, cayó directo a mí.

Los potentes focos del campo me deslumbraron.

–¡Pakete, espabila! –gritó Marilyn.

¡¡¡CATAPUM!!!

El balón me impactó en la cabeza y salió rebotado otra vez hacia arriba.

–Augggggg –me lamenté.

Y ya sabéis lo que pasó a continuación.

# 37

Casi no quedaba tiempo.

26...

25...

24...

El balón me había dado un buen golpetazo.

–¿¡Pero qué haces, espabilado!? –preguntó Toni levantando ambos brazos.

–Es que me ha deslumbrado la luz –me justifiqué.

Toni negó con la cabeza, como si yo fuera un inútil.

–¡Venga, tú puedes, Pakete! ¡Ánimo! –exclamó Helena con hache corriendo por la banda.

Le hice un gesto con el pulgar y pegué un salto a por el balón.

Detuve el balón con el pecho.

Y lo dejé caer, controlándolo con el pie.

Felipe y Alicia gritaron desde la banda:

—¡Vamooooooooos, Pakete!

—¡Venga, que casi no queda tiempo!

Por fin Felipe parecía haber despertado del todo y estaba involucrado en el partido.

Miré de reojo el marcador.

22...

21...

20...

Teníamos que marcar.

Si no, habría prórroga, y en ese caso lo más seguro era que ganasen ellos. Eran más fuertes. Y tenían más fondo físico. Y más jugadores en el banquillo.

¡Esta era nuestra oportunidad!

Además, por si alguien se había olvidado...

¡Si perdíamos, esa noche nos atacaría un hombre lobo!

O, al menos, eso decía la leyenda.

Avancé con el balón, intentando que no se me quedara trabado entre la hierba.

Una jugadora rival salió directa a por mí.

Se lanzó con los pies por delante.

Le pasé la pelota por debajo... ¡y salté por encima!

¡Increíble!

Continué con el balón controlado.

Vi a Helena y Toni más adelantados.

Cada uno en una banda.

Quizá era el momento de darle un pase a uno de los dos para que rematase.

Aunque los laterales los seguían muy de cerca.

También podía tratar de llegar al área y chutar yo mismo.

Seguí corriendo y observé al portero de Basarri, esperándome bajo la portería con los brazos extendidos.

El defensa central apareció allí en medio para detener mi avance.

–¡Venga, Paketón! –gritó Felipe.

–¡Puedes conseguirlo! –añadió Alicia.

–¡Auuuuuuuuuuuuuuuuuuuu!

–¡Auuuuuuuuuuuuuuuuuuuu!

Escuché dos aullidos detrás de mí.

No tenía que mirar para saber de quién se trataba.

Lo sabía perfectamente.

Eran...

¡Los hermanos Lobo!

Allí estaban, una vez más.

Venían corriendo a toda velocidad a por mí.

El público se puso de pie en la grada.

Era la última jugada.

Todo dependía de lo que ocurriera en esos últimos segundos.

Los espectadores también empezaron a aullar:

—¡AUUUUUUUUUUUUUUUUUUUUUUUUUUUUUUUUU!

En aquel campo de fútbol, rodeados de un gran bosque, delante de las cuevas del valle, bajo una enorme luna llena, más de mil personas aullaban con todas sus fuerzas:

—¡¡¡AUUUUUUUUUUUUUUUUUUUUUUUUUUUUUUUUUUU!!!

Sentí un escalofrío.

Tenía que tomar una decisión clave.

Los dos gemelos estaban a punto de alcanzarme.

Corrí con todas mis fuerzas y llegué al borde del área, con los dos hermanos Lobo pisándome los talones y el defensa central justo delante de mí.

Estaba en medio de un triángulo de jugadores rivales.

¿Qué debía hacer?

¿Disparar a portería?

¿Intentar regatear al defensa?

¿Pasar a la banda?

Tenía que decidir ya mismo.

10...

9...

8...

Helena estaba demasiado escorada.

Así que...

¡Le pasé el balón a Toni!

El balón cruzó el área raso, a media velocidad, perfecto para un remate.

Pero en lugar de eso, Toni controló la pelota.

Se detuvo bruscamente, lo cual sorprendió a su marcador, que cayó al suelo por la propia inercia de la carrera.

Encaró mano a mano al portero, que se lanzó a por el balón.

Pero Toni se giró sobre sí mismo.

Sin dejar de moverse, cubrió el balón con el pie.

¡Y regateó también al portero!

¡Impresionante!

6...

5...

4...

Toni podía chutar a portería vacía.

En lugar de eso gritó:

—¡Tuya, espabilado!

Y me dejó el balón muerto para que yo rematara a placer.

3...

Corrí hacia el balón.

2...

Simplemente lo empujé.

1.

¡Y entró en la portería!

¡¡¡En el último segundo!!!

¡¡¡GOOOOOOOOOOOOOOOOOOOOOOOOOOOOOL!!!

Me abracé a Toni.

Que yo recuerde, era la primera vez que ambos nos abrazábamos.

Al menos, los dos solos.

—¿Por qué no has rematado tú? —le pregunté—. Estabas solo.

Se encogió de hombros y respondió:

—Así ganamos el torneo, y también el pichichi.

Aquel acto de generosidad de Toni me había dejado sin palabras.

Me había cedido el gol de la victoria.

El gol definitivo.

¡Para que yo fuera el pichichi!

El padre Boni pitó el final del partido.

¡Habíamos ganado!

¡¡¡Increíble!!!

—¡Bien hecho! —me dijo Helena, orgullosa.

—¡GOLAZOOOOOOOOOO DE PAKETÓN! —gritó Tomeo.

De inmediato, todos mis compañeros corrieron y se tiraron encima de nosotros.

Los siete jugadores de campo.

Y los dos suplentes.

Y mi madre.

Y Esteban.

Y Alicia.

Incluso Felipe.

¡¡¡Los 13 hicimos una enorme piña sobre el césped!!!

–¡Oé, oé oé, oé! ¡Soto Alto campeón! –gritamos.

–¡Que me ahogo! –exclamó Angustias, rodeado de brazos y piernas.

–¡Y yo! –protestó Tomeo–. ¡Alguien me está clavando los tacos en el fémur!

–¡Y dale! –dijo Anita.

–¡Pues utiliza tus superpoderes! –le recordó Camuñas.

Todos nos reímos.

Y seguimos allí, tirados sobre la hierba, celebrando aquella victoria.

Nunca pensé que pudiéramos ganar a los Lobos.

Y mucho menos que yo fuera a marcar tres goles en la final.

Ni que Toni me cediera el gol definitivo.

¡Aquello era demasiado!

Desde el suelo, levanté la vista.

Miré la luna llena sobre el campo.

Y también observé el gran videomarcador esférico.

Me extrañó un detalle.

El resultado no se había movido.

Seguía igual que antes del último gol.

Los Lobos, 2; Soto Alto, 2.

Además, las luces del marcador empezaron a apagarse de golpe.

Algo le estaba ocurriendo.

Tal vez se había estropeado.

Empezó a salir humo.

Un tornillo o algo parecido se desprendió.

Y luego otro.

Y otro más.

De golpe, se abrió un lateral del videomarcador.

Algo asomó desde su interior.

No se podía ver bien.

Parecía un objeto redondo.

Del tamaño de un balón de fútbol.

Estaba a punto de caer desde arriba.

Felipe, nuestro entrenador, se puso en pie y gritó:

—¡¡¡CUIDADO, ES EL TROFEO DE LA LUNA LLENA!!!

# 38

La esfera de vidrio blanca cayó desde lo alto.

Desde el videomarcador.

Voló ante la atenta mirada de todos.

Parecía caer a cámara lenta.

Giraba sobre sí misma.

Reflejando las luces del campo.

Atravesando la distancia que la separaba del terreno de juego.

–¡Nooooooooooooooooooooooooooo! –gritó Felipe.

Y corrió hacia el centro del campo.

Demasiado tarde.

Ante la mirada atónita de todos los presentes...

El trofeo de la Luna Llena se estrelló contra el suelo.

¡Y SE ROMPIÓ EN MIL PEDAZOS!

De su interior salió dando botes un pequeño objeto.

Una bala.

De plata.

Que quedó tirada entre la hierba.

Un enorme «Ooooooooooooooooooooooooooh» recorrió el campo.

Nadie parecía entender nada.

Todos mirábamos los restos del trofeo con la boca abierta.

Los hermanos Arrubarena Pagazaurtundua entraron en el campo.

—Que nadie se acerque —dijo Edurne, tomando nota una vez más en su libreta–. Puede ser peligroso, hay cientos de pequeños cristales por todas partes.

—Y también está la bala, claro —añadió Iñaki–, que puede entrañar peligro en sí misma. Os recuerdo que es de plata.

Varios de los presentes murmuraron.

El padre Boni exclamó:

—¿¡Alguien va a explicar qué acaba de ocurrir!? ¿¡Cómo puede ser que el trofeo estuviera dentro del videomarcador!?

—Tal vez por eso no funcionaba bien —dijo Camuñas–. En el segundo tiempo casi no se ha iluminado, y el último gol no ha subido al marcador...

—Se habrá escacharrado —dijo Marcos, el jugador–. Normal: si el ladrón lo ha manipulado para guardar en su interior el trofeo, se lo habrá cargado. Pobre videomarcador con tecnología de última generación.

—¡Eso es lo de menos ahora! —bramó Marcos, el entrenador.

–Lo de menos tampoco, que nos costó un ojo de la cara el aparatito –recordó el padre Boni–. De China lo trajeron, con sus microleds y sus cosas. ¡Y ahora se le caen hasta los tornillos!

–Ya, bueno, eso sí –admitió Marcos, el entrenador–, pero lo importante es saber quién lo escondió allí arriba. ¡Que el ladrón dé la cara de una vez!

Los dos ertzainas miraron a su alrededor.

Tras un silencio incómodo, Zumaia dijo:

–Felipe, perdona, pero... ¿por qué sabías que el trofeo de la Luna Llena estaba allí arriba? ¿Cómo te diste cuenta?

–¿Yo? –respondió nuestro entrenador, haciéndose el sorprendido–. No lo sabía. He gritado por puro instinto. Al ver que el videomarcador se estaba abriendo de par en par, he mirado hacia arriba y bueno... pues eso... he reconocido el trofeo que estaba a punto de caer...

–Pero lo has dicho antes de que cayera –rebatió Edurne.

–Tú ya sabías que estaba ahí dentro –insistió Zumaia.

–Todos te hemos oído –dijo su hermano Marcos.

–Alto y claro –aseguró Iñaki.

–Eso es verdad –dijo Tomeo.

–Shhhhhhhhhhhh... No acuses a Felipe –le dijo Marilyn.

–¿Qué pasa? –preguntó Tomeo–. La verdad siempre por delante...

Alicia miró a Felipe, que parecía muy desconcertado.

Observaba el trofeo hecho pedazos.

–¿Quieres contarnos algo, Felipe? –preguntó mi madre–. Estamos aquí para ayudarte, sea lo que sea.

El entrenador parecía abatido.

Como si estuviera bullendo por dentro.

Como si estuviera luchando consigo mismo.

Parecía a punto de confesar.

Alicia posó una mano sobre su hombro.

Entonces lo entendí.

El trofeo no lo habían robado los hermanos Arrubarena Pagazaurtundua.

La noche anterior hubo una persona que llegó al campo antes que ellos.

Antes que mi madre y Esteban.

Antes que los ertzainas.

Antes que el entrenador Marcos.

Antes que nosotros.

Antes incluso que Felipe.

–¡¡¡He sido yo!!! –dijo alguien.

Todos nos dimos la vuelta.

La que había exclamado aquello era...

¡Alicia!

¡Nuestra entrenadora!

–¿Tú robaste el trofeo de la Luna Llena? –preguntó mi madre, incrédula.

–Sí. Lo siento, no estoy orgullosa, pero fui yo –respondió Alicia–. ¡Ya estaba harta de las historias del hermano de Felipe!

Se encaró con Marcos y le dijo:

–¡Siempre le has hecho la vida imposible a tu gemelo! ¡Si hasta le robabas los goles cuando erais pequeños! ¡Te apuntabas los goles que marcaba él para ser el pichichi de la liga y del torneo!

–Solo lo hice un par de veces... o tres –reconoció Marcos.

–Y ahora que vuelve al pueblo tu hermano, con toda su buena voluntad –continuó Alicia–, lo único que haces es meterte con él, poner a todos en su contra, intentar que sea el hazmerreír del valle...

–Eso tampoco es así –se defendió Marcos.

Felipe miraba a Alicia sin poder creérselo.

–En cualquier caso –intercedió el padre Boni–, ¿eso qué tiene que ver con el robo del trofeo?

–Pues mucho –respondió Alicia, encendida–. Ese trofeo le pertenece a Felipe. Lo justo es que sea para él. Por todo lo que sufrió en este torneo de niño. Por la cantidad de veces que fue pichichi y no se le reconoció. Porque se tuvo que ir del pueblo para encontrar su verdadera identidad...

–Si te hubieras esperado a hoy –apuntó Marilyn–, nos habríamos llevado el trofeo sin tener que robarlo.

–Perdonad, chicos –admitió Alicia–, eso es cierto, pero pensaba que no ganaríamos el partido ni de casualidad, así que me dije: «Lo robo antes de que sea demasiado tarde y asunto acabado».

–¿Y por qué lo escondiste en ese sitio tan raro? –preguntó Edurne, sin dejar de apuntar todo en su libreta.

–Cuando salí de la cueva, no tuve tiempo de meterlo en otro lugar –respondió Alicia–. Vi que estaban llegando los niños al campo y lo guardé en el primer sitio que encontré.

—¿Y cómo sabías la contraseña de la puerta roja? –preguntó Anita.

—No era muy difícil –respondió–. Ayer, cuando Marcos nos hizo un tour por el valle y las cuevas, me fijé en los cuatro números de la contraseña: 1001.

—No te has roto la cabeza con la contraseña tampoco –murmuró Zumaia.

—Cien torneos celebrados –se justificó Marcos–, más uno este año: 1001. Pensaba cambiarla esta noche después del partido...

—En resumen –dijo Edurne consultando su libreta–, que la entrenadora Alicia Aullón, aquí presente, entró a hurtadillas en el campo de fútbol poco antes de la medianoche, robó el trofeo

de la Luna Llena y, al ver que los miembros de su propio equipo entraban en el recinto deportivo, decidió improvisar y esconder el objeto sustraído en el interior del videomarcador chino, lo cual le ha provocado un cortocircuito o algo parecido al aparato.

–Esa es un poco la cosa –admitió Alicia.

–Lo has hecho por mí –dijo Felipe, cogiéndola de la mano.

–Estaba harta de que tu hermano te hiciera de menos –dijo ella–. Tú te mereces el trofeo y el cariño de tu gente y mucho más...

Y allí en medio, le dio un beso.

–Qué bonito –dijo mi madre–, ladrona por amor.

–Puajjjjjjjjjjjjjjj –dijo Camuñas.

—Entonces, Felipe no sabía que el trofeo estaba allí arriba escondido —sentenció Esteban.

—No, pero como el chico lleva todo el partido mirando a la luna —dijo mi madre, observándole—, pues supongo que por eso ha sido el primero en darse cuenta de que el trofeo estaba cayendo.

Mientras nuestros entrenadores seguían agarrados y mirándose embelesados, el jugador número 10 de los Lobos se acercó a mí y me dijo:

—Me mentiste durante el partido para que me despistara y marcar un gol.

—Yo no... o sea... me aproveché de tu sorpresa, eso es verdad —admití—, pero de verdad creía que los ertzainas eran los ladrones...

—¿¡Qué!? —exclamó Edurne—. ¿Pensabas que nosotros habíamos robado el trofeo?

—Un poco sí —reconocí—. Lo siento.

—A mí me convenció de que habíais sido vosotros —dijo Tomeo.

—Y a mí también —admitió Ocho.

—Qué vergüenza —replicó Iñaki—. Los hermanos Arrubarena Pagazaurtundua jamás haríamos algo así. Somos agentes del orden y de la seguridad, representamos la autoridad y la paz en el valle. Es una calumnia muy grave, jovencito, nuestra trayectoria es intachable...

—Bueno —intervino Edurne—, tampoco es para tanto, que tú mismo, antes de ser ertzaina, también hiciste de las tuyas. Recuerda, por ejemplo, las bicicletas que cogíamos «prestadas» en la iglesia.

—En todas partes cuecen habas —murmuró Marcos.

—¿¡Erais vosotros los que me robabais la bicicleta!? —preguntó el padre Boni.

—Fue hace mucho, padre, perdone —se excusó Iñaki—. Es que los demás chicos tenían bicicletas y nosotros no... Edurne, como superior y hermano mayor, te pido que no me contradigas y que no saques ahora temas del pasado que no vienen a cuento...

—Siento haberme equivocado —dije—. Solo quería resolver el misterio, y sabía que el ladrón no podía estar muy lejos.

—En eso tenías razón —dijo Anita observando a Alicia—. Te equivocaste por poco.

—Haya paz —pidió Esteban, el director del colegio—. Una equivocación la tiene cualquiera. Pakete se equivocó de ladrón. Alicia se equivocó robando el trofeo y tendrá que pagar una multa por ello. Los ertzainas, tan serios, se equivocaron de jóvenes, robando las bicicletas del párroco... En fin, el caso es que todo ha terminado bien. Aunque ese trofeo tan bonito se haya destrozado.

—Sí, bueno, habéis ganado —dijo Marcos, el entrenador—. A pesar de que mi hermano no ha hecho nada más que lamentarse desde el banquillo... Todo el mérito es de la ladrona y de los niños. Felipe no ha hecho nada de nada de nada.

—¡No empieces otra vez! —le cortó Alicia.

El pobre Felipe negó con la cabeza, como si la relación con su hermano fuera imposible, pasara lo que pasara.

Nunca le iba a reconocer su mérito delante de los demás.

Parecía muy afectado.

—Si me permitís —intervino mi madre—, aquí lo más importante es que los Lobos no han ganado el torneo. Así que nada de hombre lobo por esta noche, lo cual es un alivio, claro.

—Pues yo tenía ganas de ver al gizotso —se lamentó Camuñas.

—Si lo llevo diciendo desde el principio —recordó Toni—: el hombre lobo no existe, son habladurías sin ningún sentido.

Entonces, en ese preciso instante...

¡Un gruñido cruzó el campo de fútbol!

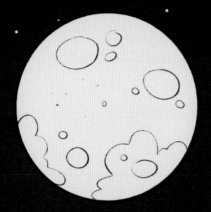

# 39

Todos nos giramos.

Felipe, nuestro entrenador, estaba muy raro.

Se había alejado del grupo.

Parecía temblar.

Y gruñir.

Lo prometo.

Estaba gruñendo.

Como si fuera un animal.

—¡Grrrrrrrrrr! ¡Estáis todos equivocados! —exclamó.

—¿Te pasa algo, Felipe? —preguntó Alicia.

Él se pasó la mano por el pelo y la barba.

De pronto tenía un aspecto fiero.

Salvaje.

Nunca había visto a Felipe así.

–¡Todos equivocados! –repitió, obsesionado–. ¡El torneo sí lo han ganado los Lobos! ¡Soy el entrenador del equipo ganador! ¡Y soy Felipe Lobo Lobo! ¡Un Lobo de pura cepa!

Todos los presentes exclamaron:

–¡Oooooooooooooh!

–¡Pues lleva razón!

–¡En realidad sí han ganado los Lobos!

–¡La leyenda!

–¡El gizotso!

—Vale, vale, Felipe, lo que tú digas —aseguró mi madre—. Pero ¿por qué te pones así?

—¿Por qué gruñes, cariño? —preguntó Alicia, preocupada.

Felipe dio un salto y se subió encima del banquillo.

Se quedó allí, en cuclillas.

Agarrado con ambas manos al borde.

Desafiando con la mirada a todos.

Y volvió a gruñir.

—¡Grrrrrrrrrrrrrrrrrrrrrrrrrrrrrrrrr! ¡Porque esta noche se va a cumplir la leyenda! Esta noche de luna llena... ¡¡¡Por fin regresa al valle el descendiente del último hombre lobo!!!

Felipe levantó la vista.

Y, mirando a la luna llena, pegó un tremendo aullido.

Con todas sus fuerzas.

–¡Auuuuuuuuuuuuuuuuuuuuuuuuuuuuuuuuuuuu!

La gente retrocedió asustada, temiéndose lo peor.

La gran mayoría empezaron a salir despavoridos del campo de fútbol.

–¡Si ya lo había dicho yo! –exclamó Zumaia.

–¡Que no cunda el pánico! –pidió el padre Boni.

Camuñas sacó su móvil y enfocó al entrenador.

–¿Eres tú el gizotso? –preguntó, ajustando el zoom.

Felipe seguía bullendo por dentro.

Como si se estuviera transformando.

Nos miró fijamente.

–Desde niño he sabido que era diferente –contestó–. Toda mi vida me he sentido distinto a los demás. ¡Ahora sé por qué!

–¿Porque te gustaba mucho el fútbol? –preguntó Tomeo.

–¿Porque tenías un hermano gemelo? –dijo Marilyn.

–¿Porque eras el más alto de clase? –dijo Ocho.

–¡No! Grrrrrrrrrrrrrrrrrrrrrrr... –exclamó–. ¡Porque soy... un hombre lobo!

Apenas dijo aquello, volvió a dar un salto.

Y, dando grandes zancadas, se metió en la cueva.

Desapareció entre gruñidos.

Y aullidos.

Tal vez allí dentro era donde se produciría la transformación.

En aquel momento, todos los presentes gritaron, presos del pánico.

Huyendo.

–¡Vámonos antes de que sea demasiado tarde! –gritó una señora tirando de dos niños pequeños.

–¡Es un licántropo! –aseguró un señor mayor, acelerando el paso.

–¡El gizotso! –añadió un chico joven, alejándose.

–¿¡¡Nuestro entrenador es... un hombre lobo!!? –exclamó Angustias, corriendo hacia la salida.

–¡Calma! ¡Calma! –pidió el padre Boni, que también se alejaba.

–Voy a pedir refuerzos –aseguró Edurne, en dirección al coche patrulla.

–Será lo mejor, agente Arrubarena Pagazaurtundua –aseguró Iñaki.

Incluso los ertzainas se alejaron de la cueva en dirección a la salida.

Se armó un caos terrible.

Carreras.

Gritos.

En medio de todo aquello, crucé una mirada con los gemelos Lobo.

Ambos me estaban observando con sus ojos rasgados, azules, profundos.

Marcos murmuró:

—Eres el elegido.

Y Felipe añadió:

—¿Sientes la llamada?

Del interior de la cueva surgió un nuevo aullido:

—¡Auuuuuuuuuuuuuuuuuuuuuuuuuuuuuuuuuuu!

Me giré y vi a Helena con hache.

Detrás de ella, Toni.

Y un poco más atrás, Camuñas grabando con su móvil.

En ese momento supe exactamente qué debía hacer.

No por lo que me había dicho Marcos Lobo.

Ni su gemelo.

Ni porque tuviera una misión.

Ni una llamada.

Simplemente fue un impulso.

Me agaché y recogí un objeto del suelo que se habían dejado olvidado.

La bala de plata.

Cerré el puño con ella dentro.

Y me encaminé con paso decidido hacia la cueva.

**40**

Di un paso en la penumbra.

Y luego otro.

Y otro más.

Del exterior llegaban gritos.

Entre ellos reconocí la voz de mi madre:

—¡Francisco, haz el favor de volver aquí ahora mismo!

Pero yo no pensaba regresar.

Allí dentro estaba Felipe.

Nuestro entrenador.

Con el que habíamos vivido tantos partidos y tantas aventuras y tantas cosas buenas.

Y ahora estaba sufriendo.

O transformándose.

O lo que fuera.

Y necesitaba ayuda.

Por supuesto, tenía miedo.

Sin embargo, no me detuve.

Apreté el puño.

Sentí el frío de la bala.

Y seguí avanzando por el túnel.

Grrrrrrrrrrrrrrrrrrr.

Justo al otro lado de la esquina, se podía oír claramente un gruñido.

O, más bien, era un lamento.

No podía estar seguro.

La sombra de una figura se proyectaba sobre la pared de la gruta.

Respiré profundamente.

Aún podía dar media vuelta y salir corriendo.

Pero tenía que ayudar a Felipe.

Seguí adelante.

Cuando doblara aquella esquina, no sabía muy bien qué me encontraría.

Tal vez simplemente estaría nuestro entrenador.

O tal vez...

No quería ni pensarlo.

Si se había transformado en un gizotso, tendría que usar la bala de plata.

Acercársela al corazón, como me había dicho Marcos.

No creo que fuera capaz.

En cualquier caso, esperaba no tener que hacerlo.

Di otro paso.

Ya estaba a punto.

Creo que nunca en mi vida había estado más nervioso.

Ni siquiera cuando tuve que lanzar el penalti decisivo para que el equipo no desapareciera.

O cuando me quedé encerrado a solas con Helena con hache.

No podía recordar ningún momento como aquel.

Dentro de una cueva a oscuras.

A punto de enfrentarme con un posible hombre lobo.

Solo de pensarlo, un escalofrío me recorrió todo el cuerpo.

Pasara lo que pasara, no me arrepentía de haber llegado hasta allí.

Avancé un último paso.

Y me asomé por la esquina del túnel.

Muy lentamente.

Podía imaginar muchas posibilidades detrás de esa esquina.

Colmillos.

Garras.

Ojos siniestros.

Pero lo que vi me dejó completamente sorprendido.

Eso sí que no me lo esperaba.

En absoluto.

Allí se encontraba Felipe.

Sentado sobre el suelo de la cueva, apoyado contra la pared.

Con las dos manos en el pelo.

Y estaba...

Llorando.

Lo prometo.

No se había convertido en ningún gizotso ni nada parecido.

Las lágrimas caían por su rostro.

Me quedé unos segundos observándole.

Se debió de dar cuenta, porque levantó la cabeza.

Y me miró.

Se enjugó las lágrimas y dijo con la voz entrecortada:

—No soy un hombre lobo.

—Ya lo veo —respondí.

Fue lo único que se me ocurrió.

—Se van a reír de mí cuando salga de la cueva —murmuró.

—No creo que haya nadie —dije—. Han huido todos.

—¿Y tú? —preguntó—. ¿Por qué no te has ido?

Me encogí de hombros.

—Alguien tenía que traerte esto —contesté.

Abrí la palma de la mano y le mostré la famosa bala de plata.

—Alicia tiene razón —dije—: te la mereces. Eres un gran entrenador. Gracias a ti hemos jugado partidos increíbles y, sobre todo, hemos aprendido de fútbol y de compañerismo. Y también hemos conocido este valle y muchos otros sitios.

Al fin sonrió.

Alargó la mano y cogió la bala de plata.

La miró a contraluz.

—Dicen que los habitantes del valle no podemos tocar la plata —musitó—. Tal vez yo no soy verdaderamente de este lugar.

—O tal vez no son más que habladurías —repliqué.

Él asintió.

Se puso en pie.

Y me devolvió la bala.

—Hoy te la has ganado —dijo.

—¿Por los tres goles? —pregunté orgulloso.

—Eso también —respondió—. Pero más aún por no rendirte. Por jugar en equipo. Por creer en tus compañeros y en ti mismo cuando todo parecía perdido. Y también por entrar en esta cueva tú solo como un valiente.

Creo que era la primera vez que alguien me llamaba «valiente».

Me sonó bien, no lo voy a negar.

—Lo he hecho sin pensar —admití—. Estaba muerto de miedo.

—Pues claro —dijo él, como si fuera lo más normal del mundo—. Igual que yo.

Sin ninguna prisa, atravesamos el túnel hacia la salida.

Caminando uno al lado del otro.

–¿Tú qué tal te llevas con tu hermano? –me preguntó Felipe de pronto.

–Ufffff –contesté, pensando en Víctor–. Se pasa el día dándome collejas y metiéndose conmigo.

–Ya, ya, pero ¿le quieres? –dijo Felipe.

Nunca me había preguntado algo así.

Era mi hermano mayor, era insoportable y me llamaba «enano» a todas horas.

Era... Víctor.

–Sí que le quiero –dije–. Es mi hermano.

Él asintió y se limpió las últimas lágrimas que aún asomaban por sus mejillas.

Giramos por el túnel y salimos de la cueva.

Nada más poner un pie en el exterior...

¡FLASH! ¡FLASH! ¡FLASH!

Camuñas nos hizo un montón de fotos con su móvil.

–¡Pero si no es un hombre lobo! –exclamó desilusionado al ver a Felipe.

–Siento decepcionaros –dijo el entrenador.

–A mí nunca me decepcionas –exclamó Alicia, abrazándole.

–Ya estamos con los besitos... Puaj –musitó Camuñas bajando la cámara.

–No vuelvas a meterte en una cueva con hombres lobo sin mi permiso –me avisó mi madre–. Anda, que vaya susto me has dado.

—Me alegra ver que estáis todos bien —dijo Esteban— y que nadie se ha transformado en un animal peligroso, je, je.

—Por un momento, yo mismo tuve mis dudas —admitió Felipe—. De verdad que era una sensación muy fuerte dentro de mí.

—Tal vez, en realidad —intervino Anita—, eso de sentirte diferente tiene que ver con tu hermano gemelo.

Por la cara que puso Felipe, creo que la portera suplente no iba muy desencaminada.

—O con la gripe —dijo Ocho—. A mí a veces me pasa, que siento un hormigueo en el cuerpo y luego, ¡zas!, es la gripe, y me paso dos días sin ir al colegio.

—O que tenías hambre —apuntó Tomeo—. Por cierto, ya que somos campeones, digo yo que nos merecemos un buen marmitako, ¿no?

Poco a poco, fueron regresando la mayoría de los que habían salido huyendo.

Los ertzainas.

El padre Boni.

Los pequeños gemelos.

Zumaia.

Y, por supuesto...

—¡Tengo que pedirte perdón, hermano! —exclamó Marcos.

Se plantó delante de Felipe.

Pasó la mano por su barba y dijo:

—Te lo digo muy en serio. Te quiero pedir disculpas por haberme metido contigo todos estos años. Cuando éramos críos. Y ahora que has vuelto, también. No sé por qué lo hago. Me sale así. Es que esto de tener un gemelo es muy complicado. Pero te suplico que me perdones. Por favor.

Felipe le miró con desconfianza.

—Reconoce que te apuntabas mis goles cuando jugábamos en el equipo —dijo.

—Está bien, alguna vez que otra lo hice —admitió Marcos—. Valeeeeeee... Un montón de veces. Era una chiquillada. ¡Perdón, perdón y mil veces perdón!

Marcos abrió los brazos de par en par.

Y como si ambos hubieran estado esperando ese momento muchos años...

¡Se dieron un grandísimo abrazo!

—Eres un engreído y te crees mejor que yo —dijo Felipe—, pero te quiero.

—Y tú vas de especial y de listillo —dijo Marcos—, pero también te quiero.

Aquel abrazo tan emocionante inspiró a otros hermanos que había por allí.

De repente, Marcos y Felipe Lobo, los dos niños, también se dieron un abrazo.

—Hemos metido los mismos goles —dijo Marcos, el número 10—, pero sabes que soy mucho mejor que tú.

—Siempre quieres ser protagonista —replicó Felipe, el número 11—, pero sabes perfectamente que soy el alma del equipo.

Incluso los ertzainas se dieron un fuerte abrazo.

—Agente de primera Iñaki Arrubarena Pagazaurtundua —dijo Edurne—, eres un mandón, pero te quiero con locura.

—Agente raso Edurne Arrubarena Pagazaurtundua —replicó Iñaki—, eres una maniática, pero yo también te quiero un montón.

Y venga a abrazarse.

También los que no tenían un hermano cerca empezaron a darse abrazos.

Era como un efecto contagio.

—¡Abrazarse es lo mejor del mundo, siempre lo digo! —exclamó mi madre, y se abrazó con Esteban.

—¡Ay! ¡Qué viaje inolvidable, Juana! —dijo el director—. Con las txapelas y con las vuvuzelas y el queso, ¡qué maravilla!

Hubo muchísimos abrazos repentinos e inesperados.

Alicia y Marilyn.

Camuñas y Anita.

Tomeo y Ocho.

Toni y Angustias.

El padre Boni y Zumaia.

Y muchas más personas que no conocía de nada, pero que también se abrazaban.

Algunos eran abrazos de reconciliación.

Otros, de alegría.

O de emoción.

O simplemente porque sí.

–¿Tú no te abrazas con nadie? –me preguntó Helena con hache.

–Yo... bueno... sí... –respondí, un poco cortado.

–Ven aquí, pichichi –dijo ella sonriendo.

Y me dio un abrazo que no olvidaré jamás.

Bajo aquella luna llena, docenas de personas nos abrazamos.

Daba la sensación de que, a cada abrazo, la luna brillaba más y más.

En lo alto del cielo, el sol iluminaba un día claro y azul.

El viejo Pegaso 5000 avanzaba por el carril derecho de la autovía.

De regreso a nuestro pueblo.

—Lo único bueno de ir tan lentos es que hoy nos perdemos todas las clases en el colegio —dijo Tomeo, sentado atrás del todo.

—No os preocupéis por eso —aclaró el director, desde la parte delantera—. Ya he hablado con los profesores y podréis recuperar las horas el próximo fin de semana.

—¿¡Qué!? —exclamó Tomeo—. Pero eso es...

—Perfecto —sentenció Esteban.

—Oye, una pregunta que no entiendo muy bien —dijo Ocho—: al final, ¿quién es el pichichi del torneo?

–Pues Pakete –respondió Anita–, y también Marcos y Felipe. Triple empate a tres goles.

–¡Y qué tres golazos, cariño! –exclamó mi madre, orgullosa, desde la parte delantera–. ¡Ole con ole, se nota que has seguido los consejos de tu madre!

–Vale, pero entonces –insistió Ocho–, ¿por qué se ha quedado Pakete la bala de plata?

–La bala es para todo el equipo –contestó Marilyn– por ganar el torneo, no para el pichichi.

–Exacto –dije yo, mostrando la bala desde mi asiento–. La guardaremos en nuestra sala de trofeos.

–¿Tenemos sala de trofeos? –preguntó Tomeo, extrañado.

–Si no la tenemos, ya va siendo hora –aseguró Alicia.

–Pero si solo hemos ganado dos trofeos, me parece –recordó Camuñas.

–Pues con este ya son tres –aseguró Felipe, al volante.

Helena con hache, que estaba sentada a mi lado, levantó mi brazo con la bala de plata y exclamó:

–¡Aquí está el Soto Alto!

Todos respondimos:

–¡Invencibles como el cobalto!

–Más alto, que no se oye –dijo Helena–: ¡¡¡Aquí está el Soto Alto!!!

–¡¡¡Invencibles como el cobalto!!!

El trayecto de vuelta en el autobús lo pasamos coreando nuestros himnos y celebrando la victoria.

Incluso Toni, que siempre iba por libre, parecía más unido que nunca al grupo.

Había sido un triunfo de todo el equipo, esa es la verdad.

–Y lo mejor es que, al final, ni hombre lobo ni gizotso ni nada –dijo Angustias.

–Todo eran leyendas sin fundamento –recalcó Anita–, como ha quedado demostrado. Lo dije desde el principio.

–No ha quedado demostrado nada –dijo Camuñas haciéndose el interesante–. Yo tengo una teoría.

–¿Los Vengadores han fichado al hombre lobo y por eso no estaba en el valle? –preguntó Marilyn riéndose.

–Ya, ya, vosotros reíos –respondió Camuñas–. Pero si lo pensáis bien, nada demuestra que la leyenda no sea cierta.

–¿A qué te refieres? –preguntó Toni.

–Pues muy sencillo –dijo Camuñas–: la leyenda no se ha cumplido porque los Lobos no ganaron el torneo.

–Pero nuestro entrenador es Lobo Lobo –recordó Anita.

–Ya, pero el equipo de los Lobos son ellos –insistió Camuñas.

–¿Y qué quieres decir con todo esto? –preguntó Helena.

–Muy fácil –recapituló Camuñas–: que si el año que viene los Lobos ganan el torneo... alguien del valle se convertirá en un gizotso. ¡Sigo convencido de que algún vecino de Basarri o Undain es un hombre lobo!

Se hizo el silencio dentro del autobús.

Lo que decía Camuñas tenía lógica.

Volver a pensar en toda la gente del valle transformándose en hombre lobo nos puso un poco nerviosos.

Angustias levantó la mano:

—Por favor, pase lo que pase, el próximo año no regresemos al Torneo de la Luna Llena.

—Hombre, si nos invitan otra vez —dijo mi madre, sumándose a la conversación—, estaría muy feo no ir.

—Sobre todo, después de que Alicia les haya roto el trofeo tan bonito —añadió Esteban— y el cacharro chino ese giratorio.

–Ya me he disculpado mil veces –dijo la entrenadora–. He pedido perdón a todos por haber robado el trofeo y por haberlo escondido dentro del videomarcador. Les he dado las gracias por no haberme denunciado y haberlo arreglado todo con una multa. Fue una equivocación.

–Cuando te llegue la factura, ya verás –advirtió Felipe sonriendo–. La tecnología china no es barata.

–Desde luego, yo me he quedado con ganas de conocer más a fondo esos bosques y esas grutas tan interesantes –dijo Esteban–, y también de volver al Guggenheim con más calma...

–¡Decidido! –sentenció mi madre–. Felipe, habla con tu hermano: el año que viene volvemos al torneo. Y esta vez, como campeones vigentes.

Angustias se escondió detrás de su asiento y murmuró:

–Ya podéis buscar otro lateral derecho. Yo no pienso volver nunca jamás a ese valle.

Apenas terminó de decir la palabra «valle», se oyó un sonido.

Era el ruido de un animal.

Un sonido que habíamos escuchado varias veces estos días, en el valle.

Todos nos quedamos en absoluto silencio.

El sonido no venía de lejos.

Procedía del interior del autobús.

Muy cerca de nosotros.

En concreto, de la parte de atrás.

Giramos lentamente la mirada hacia los asientos traseros.

Allí estaba, en la última fila, Tomeo.

Y a su lado, una gran caja de cartón con agujeros.

El defensa central puso cara de inocente, como si no hubiera hecho nada malo.

—Es que me hacía ilusión traerlo al pueblo... —se excusó Tomeo.

De inmediato volvió a oírse el sonido.

Ahora mucho más nítido y claro.

¡Kikirikííííííííííííí!

—¡Tomeo! —exclamó mi madre.

—¿¡Te has traído al gallo!? —preguntó Esteban, alarmado.

Él sonrió y dijo:

—Creo que sí.

—¡Pero no puedes hacer algo así! —dijo Felipe—. ¡No puedes sacar a un animal de su hábitat natural!

—¡Vamos, que no puedes robar un gallo así como así! —exclamó Alicia.

—¡Pero si tú robaste el trofeo! —se defendió Tomeo.

—¡Eso es muy distinto! —aseguró la entrenadora.

—Ahora habrá que dar media vuelta y devolver el gallo al caserío —dijo Felipe.

—Si ya hemos hecho más de trescientos kilómetros... —suspiró Esteban.

—Eso da igual —aseguró Felipe—. El gallo pertenece a Basarri, es su entorno natural. ¡Hala! Cojo el primer desvío de la autovía y regresamos.

–No, por favor. ¡Al valle otra vez no! –pidió Angustias.

–Que Tomeo lo hubiera pensado antes –aseguró el entrenador.

–Pues yo creo que está muy feliz con nosotros –dijo Tomeo, abriendo la tapa de la caja.

Absolutamente todos miramos expectantes.

El gallo asomó la cabeza.

Con su cresta.

Y su pico.

Abrió mucho los ojos.

Pareció observarnos a todos.

Y cacareó.

¡¡¡Kikirikíííííííííííííííííí!!!